창모

창모
Chang-mo

우다영 | 스텔라 김 옮김
Written by Woo Da-young
Translated by Stella Kim

ASIA
PUBLISHERS

차례
Contents

창모
Chang-mo

내가 창모의 친구라는 것을 알게 되면 열이면 열 "네가 대체 왜?" 하고 되묻곤 했다. 모종의 이유가 숨겨져 있을 거라는 확신. 나를 향한 염려. 혹은 내가 위험한 짓을 벌이고 있다는 부드러운 책망이 그 물음에 깔려 있었다. 때론 다정한 미소 뒤에 나를 다시 판단하기 시작한 차갑고 정중한 경계심이 떠올랐다. 그럴 때면 나는 매번 창모와 친구인 이유를 잘 설명하지 못하면서도 다만 그와 친구가 맞다는 하나 마나 한 대답을 하곤 했다.

　창모와 같은 중학교를 나왔지만 고등학교 1학년 때 같은 반이 되기 전까지 우리는 모르는 사이였다. 정확히 말하자면, 나는 물론 창모를 알고 있었다. 학교에서

When people found out that I was friends with Chang-mo, they never failed to ask, "Why?" This single word contained certainty that there must be some special reason we were friends, sincere concern for me, or subtle reproach for my doing something so reckless. At times, people put up a cold but polite guard behind their smiling faces and began to judge me in a different light. Yet every time, I answered that I was his friend even though I couldn't explain exactly why.

Chang-mo and I'd gone to the same middle school, but we didn't know each other until the first year of high school, when we were assigned to the same homeroom. Actually, I knew who Chang-mo

창모를 모르는 애는 하나도 없었다. 창모의 행적, 소문, 운이 따른다면 복도나 교실에서 직접 보게 되는 기행이 언제나 그 애 이름 뒤에 따라다녔다.

같은 교실에 앉아 있는 창모를 발견하고 내가 제일 먼저 머릿속에 떠올린 기억은 그 애가 중학교 운동장 철봉에 한 아이를 초록색 박스 테이프로 묶고 있는 모습이었다. 철봉에 묶인 아이는 몸을 꿈틀거리며 분노와 수치심에 붉어진 얼굴로 소리 없이 울고 있었다. 그 애가 내 옆 반이라는 것과, 마치 날벌레를 쫓는 동작처럼 오른팔을 수시로 휘두르는 틱이 있다는 것을 나는 기억하고 있었다. 철봉 주변에는 아마도 창모가 벌이는 짓이 재미있을 것 같다고 생각해서 시시덕거리며 따라왔을 몇몇 남자애들이 보였는데 그 애들은 이미 조금 기가 질린 표정으로 몸을 살짝 뒤로 빼고 마지못해 주변을 서성거리고 있었다. 창모는 그 애들의 망설이는 기색이나 울고 있는 아이의 심정에 조금도 공감하지 못하는 얼굴로 그 일을 계속했다. 마땅한 벌을 내리는 집행관의 태도로 차가운 철봉과 아이의 팔이 구분되지 않을 때까지 초록색 박스 테이프를 칭칭 감았다.

나중에 내가 왜 그 애를 철봉에 묶었느냐고 물었을

was. Everyone in middle school knew of him. His name was always followed by accounts of his actions, rumors, or stories of rare sightings of him in hallways or classes.

The first image that popped into my head upon seeing him in my homeroom was of Chang-mo strapping a boy's arm to the pole of a pull-up bar in the playground with green duct tape. The boy who was being bound to the pole was writhing and silently crying, his face flushed red with anger and shame. I remembered that he was a boy in my year with a tic that made him flail his right arm involuntarily as though chasing away gnats again and again. There were a few other boys around them, who probably followed Chang-mo, simpering and thinking it would be fun to see whatever he was going to do. But they were all standing back with fear-stricken faces, reluctantly hovering in the vicinity. But Chang-mo didn't care to stop, completely unsympathetic to the hesitance of other kids or the anger and humiliation of the crying boy. He continued to wrap the duct tape around the boy's arm and the pole with the cool indifference of an executioner who was enforcing punishment on a deserving criminal until the cold pole and the boy's arm became inseparable.

때, "팔이 이상하게 움직이잖아. 거슬려서 그렇게 해 둔 거야." 하고 창모는 대답했다.

가까이서 지켜본 창모의 인상은 생각보다 평범했다. 오히려 그 애는 아주 쾌활한 성격으로 상대의 기분을 해치지 않고 재치 있는 농담을 구사하는 법을 알고 있었는데 누군가의 경계를 허물고 호감을 끄는 것이 아주 손쉬운 일이라고 생각하는 것 같았다. 창모를 모르는 애들은 그 애가 쌍꺼풀 없는 긴 눈으로 귀엽게 웃는다고 생각했다. 물론 창모를 알고 있던 애들은 그 애가 있는 무리 가장자리에 적당히 머물다가 자연스럽게 빠져 나왔다. 긴장을 늦추지 않고 침착하게 창모의 행보를 주시했다. 새 학교의 아이들이 창모가 누구인지 알게 되는 데는 그리 오랜 시간이 걸리지 않았다.

3월의 어느 금요일 쉬는 시간. 다른 반 애들이 체육복을 빌리기 위해 우리 교실을 어슬렁거리고 있었다. 그 애들은 못 보던 새로운 얼굴들을 확인하고 겁을 좀 주거나 유리한 위치에서 유대감을 쌓고 싶어서 일부러 요란하게 굴고 있었다. 창모는 느닷없이 그중 한 여자애에게 앞에서 계속 알짱거리면 죽여 버리겠다고 말했다. 순식간에 그 애 친구들이 몰려들었다. 키가 작지만 어

Later, when I asked him why he taped the boy to the pole, Chang-mo said, "His arm was moving weird. It got on my nerves."

Chang-mo was a rather ordinary kid from up close. He was agreeable and knew how to be witty and funny without hurting other people's feelings. He seemed to believe that it was easy to convince people to let their guard down and like him. Some of the girls who hadn't heard of Chang-mo thought that he was cute when he smiled, his eyes turning into crescent moons. Of course, those who knew him remained on the periphery of the group surrounding Chang-mo for an appropriate amount of time and quietly slipped away without drawing attention to themselves. Without letting their guard down, they observed him from a distance. And it didn't take long for the kids in my high school to find out who Chang-mo was.

During a break on a Friday in March, not long after the school year began, kids from other classes came, wandering outside our classroom to borrow gym uniforms. They were being loud and rowdy, trying to scare new faces or to put themselves in a more advantageous position to make friends. Out of nowhere, Chang-mo told one of those girls that he'd kill her if she doesn't get out of his face. With-

깨가 단단해 보이는 남자애가 욕설을 내뱉으며 창모가 앉아 있는 책상 앞으로 성큼성큼 다가갔다. 그 애가 한 손에 쇠로 된 둥근 의자 다리를 집어 들었을 때, 나는 창모가 다시 조용하게 '죽여 버릴 거야.'하고 말하는 입 모양을 보았다. 남자애가 위협적으로 의자를 휘두르기 시작하자 창모는 필통에서 얇고 납작한 15cm 자를 꺼냈다. 한쪽은 길이를 잴 수 있는 균일한 눈금이 그려져 있고 다른 한쪽은 물결무늬 밑줄을 그을 수 있는 울퉁불퉁한 면이 있는 철자였다. 창모는 자의 뾰족한 모서리가 아래쪽으로 빠져나오도록 주먹을 쥐었다. 그리고는 남자애에게 달려들어 한 손으로 턱을 벌리고 입속에 자를 쑤셔 넣었다. 창모에게 잡힌 남자애는 완전히 패닉에 빠져 의자를 놓치고 교실 바닥에 나동그라졌다. 창모가 "죽어! 죽어! 죽어!" 외치며 계속 입속에 자를 밀어 넣으려는 걸 두 손으로 필사적으로 막으며 비명을 질러 댔다. 다른 애들이 달려들어 창모를 떼어놓았는데도 그 애는 겁에 질려 계속 소리를 질렀다. 창모는 그 모습을 잠시 지켜보다가 자리로 돌아가 꼭 쥐고 있던 자를 자기 필통 속에 도로 집어넣었다.

그날의 싸움에서 누구도 어느 한군데 다친 곳이 없다

in moments, her friends rushed to her rescue. A short but sturdy looking boy approached Chang-mo's desk, spewing a slew of profanities. When the boy grabbed the cylindrical leg of a chair and picked it up, I noticed Chang-mo quietly mumble the words "I'll kill you." As the boy started to swing the chair threateningly, Chang-mo took out a flat seven-inch ruler from his pencil case. It was a steel ruler with markings for measurement on one edge and a wavy border on the other edge for students to draw wavy underlines. Chang-mo held the ruler so that the sharp edge was pointing toward the floor. Then he charged at the boy, pried open his mouth with one hand, and shoved the ruler inside. With his face in Chang-mo's grasp, the boy panicked and lost his grab on the chair and tumbled onto the classroom floor. He screamed, desperately trying to stop Chang-mo, who was trying to push the ruler down his throat, yelling "Die! Die! Die!" Other kids jumped in and pulled Chang-mo away from the boy, but he kept on screaming in terror. Chang-mo stared at him for a little while before returning to his desk and placing the ruler he'd been squeezing in his hand back in the pencil case.

When we heard that no one got hurt from that

는 이야기를 전해 들었을 때, 우리는 멍한 충격에 휩싸였다. 그때 그 모습을 지켜보며 심장과 피부로 생생하게 느꼈던 날카로운 고통이 사실 누구에게도 실재한 적 없는 허상이라는 사실을 믿을 수 없었다. 그럼에도 모두의 마음속에 그날의 장면은 피가 낭자하고 누군가의 죽음이 존재하던 순간으로 각인되었다. 요행히 그렇게 되지 않았을 뿐, 그 일련의 과정이 품고 있던 가능성을 그 자리에 있던 모두가 상상할 수 있었다. 원하지 않아도, 상상하게 되었다.

그 후로 창모는 다시 중학교 때와 마찬가지로 '조심해야 되는 애'로 통했다. 창모의 비합리적인 분노와 악랄함을 한 번이라도 눈으로 보고 나면 십중팔구 그 애를 꺼림칙하게 여겼다. 창모는 무리를 짓지 않고 내키는 대로 한두 명과 어울려 다녔고 무슨 이유에선가 항상 얼마 지나지 않아 그 애들을 증오하게 되었다. 한때 친구였던 애들을 완전히 박살 내 놓아야 분이 풀렸다. 그러고는 곧 또 다른 애들을 한두 명 골라 이리저리 끌고 다녔다. 누구도 창모와 친해지려 하지 않았지만 적이 되고 싶어 하지도 않았다. 그 적당한 거리를 유지하기 위해 은밀한 신경을 기울였다. 여름이 왔을 즈음에는

fight, we were utterly shocked. It was hard to be-
lieve that the vividly sharp pain that we'd felt first-
hand from watching the fight was nothing but an
illusion. Yet, although there were no physical
wounds, the fight from that day was etched in ev-
eryone's mind as a bloody one, charged with
someone's death. No such thing happened, but ev-
eryone who had been there had felt the possibility
of what could have happened. The images of what
could have happened surfaced in our minds, even
though we didn't want to think about them.

After that incident, Chang-mo came to be known
among other students as the "kid you should
avoid," just as in middle school. Those who had
even once witnessed his irrational anger and vi-
ciousness were uncomfortable with him. Chang-
mo didn't hang out with a group but with just a
couple kids at a time, and for whatever reason he
hated them after sometime. He calmed down only
after completely crushing the kids he once be-
friended. Then he went and picked out a couple
other kids to hang out with. No one wanted to be
friends with Chang-mo, but they also didn't want
to antagonize him. Everyone was waging a secret
war of nerves, trying to maintain an adequate dis-
tance from Chang-mo. And by the time summer

창모를 직접 본 적이 없는 애들도 소문을 듣고 그 이름을 입에 올리며 '걔는 정말 또라이야.'라거나, '절대로 정상은 아니지.' 하고 수군거렸다.

어느 순간부터 창모가 나를 특별하게 대하기 시작했는지는 불분명하다. 창모는 내가 다른 애들과 떠들고 있으면 슬쩍 다가와 계속 거기 있었던 사람처럼 함께 웃었다. 등하굣길에 만나면 자연스럽게 내 옆에 붙어 나란히 걸었고, 가끔은 잠시 어디에 들러서 함께 무언가를 먹고 싶어 했다. 나는 창모가 근래에 자신에게 일어난 사소한 일들을 내가 알 필요가 있다는 듯이 시시콜콜 들려주는 것을 별다른 생각 없이 들었다. 때론 내게 전화를 걸어 그 순간의 분노나 슬픔에 대해 그 애가 하는 이야기를 꽤 오랜 시간 들어주기도 했다. 내가 그런 창모의 태도를, 창모와 나의 관계를 인지하게 된 것은 1학년 가을이 다 지나갈 즈음이었고 언제부터였는지 왜 그렇게 되었는지 나도 창모도 정확히 알지 못했다.

"창모가 하는 말을 이해할 수 있어?"

친구들은 신기하다는 듯이 내게 물었다.

vacation came around, even the kids who'd never seen Chang-mo had heard rumors about him and talked about him in whispers, saying "He's really insane" or "He's definitely not normal."

I'm not sure exactly when Chang-mo started treating me differently from other kids. When I was chatting with other kids, he approached us and laughed along as though he'd been part of our conversation. When we ran into each other on the way to and from school, he casually walked by my side and sometimes wanted to stop somewhere and grab something to eat together. He told me about little things that happened to him as though I should be privy to that information, and I listened without thinking much of it. Occasionally, he called me to talk about the how angry or sad he was feeling, and I listened to him at length. I only realized Changmo's different attitude toward me and our relationship as the fall of my first year in high school was coming to an end. But neither Chang-mo nor I knew for sure when or how this came to be.

"Can you understand what he's saying?"

My friends asked me in genuine surprise.

"You guys talk to him too."

"너희도 창모와 이야기하잖아."

"다 같이 있을 때 여럿이서 말하긴 하지. 창모와 단둘이 대화하는 사람은 너밖에 없어."

"특별한 이야기를 하는 건 아냐."

몇몇은 묘한 시선을 숨기지 못했다.

"너는 걔를 이해할 수 있어?"

사실 단둘이 있을 때 창모는 너무 멀쩡하고 평범해서 나는 그 애가 창모라는 걸 자꾸 잊어버렸다. 창모가 했던 비윤리적인 행동들, 창모가 상처 준 사람들과 그 사람들을 대하던 창모의 비상식적인 사고방식을 납득할 수는 없었다. 동의할 수 없었다. 하지만 창모의 비합리적인 행동에서 논리를 발견할 수는 있었다. 창모가 생각하고 움직이는 메커니즘을 이해할 수 있었다.

"죽고 싶어."

창모는 누군가를 죽이고 싶다는 말과 죽고 싶다는 말을 배가 고프다는 말처럼 쉽게 하곤 했는데, 굳이 따지자면 죽고 싶다는 말을 더 자주 했다. 그 이유라는 건 특별할 게 없었다. 많은 사람들이 그렇게 느끼듯, 자신의 삶이 불행하다는 것이었다.

창모에게 들은 바에 의하면, 창모의 아버지는 한 자동

"Yeah, when we're all hanging out together as a group. But you're the only one who actually talks to him one on one."

"We don't talk about anything special."

Some of my friends couldn't hide their disbelief.

"Do you get him?"

Actually, when it was just me and Chang-mo, he seemed so normal and ordinary that I often forgot that the person I was talking to was Chang-mo. I didn't understand his unethical actions or the insane way he treated and hurt people. I didn't agree with any of that. But I was able to find a rationale in his irrational behavior. I could understand the mechanism behind his thought process and actions.

"I wanna die."

Wanting to kill people and wanting to die were the two things that Chang-mo talked about as easily as though saying he were hungry. Technically he talked of wanting to die more often. And the reasons weren't special. Just like a lot of people, he felt he was miserable.

According to Chang-mo, his father was an executive at an automobile company and his mother was a pharmacist. They owned an apartment in a new complex and a commercial building, and they

차 회사의 임원이었고 어머니는 약사였다. 창모의 부모님은 신축 아파트와 상가 건물을 소유하고 있었고 사이도 나쁘지 않았다. 연년생인 남동생은 과학고 입학을 준비 중이었다. 창모가 자기 자신을 죽이고 싶어 하는 이유라는 건 대개 어머니가 단종된 운동화를 허락 없이 버렸다거나 잘난 가족들 사이에서 소외감을 느낀다거나 하는 것들이었는데, 그건 일반적으로 자살을 결심할 만큼 괴로운 일이 아니었기 때문에 나는 창모가 무언가 다른 이유를 숨기고 있을 거라고 생각했다. 그러나 서서히 그것들이 정말 창모가 죽고 싶은 이유의 전부라는 것과 죽고 싶다는 말이 매번 진심이라는 것을 알게 되었다.

"진심이지만, 실은 진심이 아니야."

친구들은 이런 나의 표현을 잘 이해하지 못했다. 그럼 나는 조금 고민하다가 다시 말했다.

"그러니까 창모의 논리에서 그건 진실이지만, 때로 진실은 사라지기도 한다는 말이야."

내가 처음으로 창모에게 '너의 논리에서 그건 진실일 거야.'라는 표현을 썼을 때, 창모는 그게 무슨 의미인지 설명해달라고 했다.

got along pretty well with each other. Chang-mo
had a younger brother, just a year apart in age,
who was preparing to go to a science tech high
school. Chang-mo wanted to kill himself for rea-
sons such as his mother throwing out a pair of dis-
continued sneakers without asking him or feeling
left out in his perfect family. Because these weren't
reasons that ordinarily compelled people to com-
mit suicide, I believed that there must be other
reasons that Chang-mo wasn't telling me. But over
time, I learned that those really were the reasons
that he wanted to kill himself and that he meant it
every time.

"He means it, but he doesn't really mean it."

My friends didn't understand what I meant. So I
thought about it a little more and said, "What I
mean is, it makes sense in his logic, but sometimes
what makes sense vanishes."

The first time I told Chang-mo, "It's probably true
in your logic.", Chang-mo asked me to explain.

That day, a cold autumn rain had been pouring
down from the ashen clouds that covered the sky.
After school, Chang-mo and I walked toward the
bus stop in silence under our own umbrellas. It
was a little after four in the afternoon, but every-
thing was dark and cold as though the sun had al-

하늘을 뒤덮은 잿빛 구름 속에서 차가운 가을비가 쏟아지고 있었다. 창모와 나는 학교가 끝난 뒤 각자의 우산을 쓰고 말없이 버스 정류장 쪽으로 걸어 내려왔다. 오후 4시가 조금 넘었지만 해가 진 것처럼 사위가 깜깜하고 쌀쌀해서 좀처럼 기운이 나지 않았다. 울적한 표정의 사람들이 창모와 내 곁을 느릿느릿 지나쳐 갔다. 버스가 만원이어서 우리는 사람들을 헤치고 겨우 의자 손잡이와 기둥을 잡을 수 있었다. 흔들리는 버스 안에서 중심을 잡으며 그렇게 한두 정거장을 가는데, 창모 앞자리에 앉은 여자가 큰 소리로 화를 내기 시작했다.

"우산 치워요. 당장 저리 치우라니까?"

창모의 장우산이 여자의 몸 쪽을 향하고 있었다. 쇳조각처럼 뾰족하게 마모된 우산 끝에서 동그란 빗물이 조금씩 아래로 떨어졌다.

"옷 다 젖는 거 안 보여?"

"씨발 이게 어디서……."

창모가 여자에게 욕을 퍼붓기 시작했다. 버스 안의 모두가 창모와 여자를 쳐다봤다. 이게 그럴 일인가. 창모의 감정선을, 창모의 생각을 이해할 수 없어서 혼란에 빠진 사람들이 그 애를 지켜보고 있었다. 나는 그때 창

ready set, and I was feeling down. With gloomy faces, people slowly passed by Chang-mo and me. The bus was full, so Chang-mo and I barely managed to squeeze through the crowd and clutch a pole and grab handle of a bus seat. We tried to keep our balance in the moving bus, and the bus had passed through a couple of stops when the woman sitting in the seat in front of Chang-mo started yelling at him.

"Move your umbrella. Put it somewhere else!"

Chang-mo's long umbrella was pointing toward the woman's body. Round drops of rainwater was slowly but steadily dripping down from the tip of the umbrella, which was worn down to a sharp point.

"Don't you see my clothes getting soaked?"

"Fucking bitch!"

Chang-mo started lashing out and shouting profanities at the woman. Everyone on the bus stared at Chang-mo and the woman. Is this something to get that angry about? Unable to understand Chang-mo's emotions and thoughts, people stared at him in confusion. At that moment, I realized that regardless of sex or age, and regardless of who was in the wrong, people who got on Chang-mo's nerves became targets of his retaliation. Instead of

모에게 있어서 자신을 건드린 사람은 남녀노소 잘잘못에 상관없이 그저 보복해야 할 대상이 된다는 것을 깨달았다. 창모는 상황의 넓은 맥락과 이해관계를 파악하기보다 자신이 한순간 감각한 위협에 모든 의미를 집중했다. 스스로를 소모하고 망치면서도 창모에게는 보복이 가장 중요한 숙명처럼 보였다. 창모가 세상에서 자기 자신을 가장 아끼는 것처럼 굴지만 실제로는 자기 자신을 가장 함부로 훼손하고 있다고, 나는 생각했다.

창모가 여자 쪽으로 다가서며 마치 찌를 것처럼 우산을 치켜들었다. 나는 창모의 팔을 붙잡았다.

"그만해. 이분 임산부야."

"그게 뭐? 애 가진 게 벼슬이라 눈에 뵈는 게 없나? 그러고도 애 눈깔이 제대로 박혀 있을 거 같아?"

창모는 얼굴 표정 하나 변하지 않고 배 속의 아이에게 저주를 퍼붓기 시작했다. 만만치 않게 안하무인으로 언성을 높이던 여자의 얼굴이 새하얗게 질려 갔다. 여자는 반사적으로 둥글게 부풀어 오른 배를 감싸 안고 움츠러들었다. 여자의 기세가 꺾인 걸 알아채고 창모는 더 신랄하게, 듣고도 믿을 수 없는 끔찍한 말들을 쏟아냈다. 그런 생각을, 그런 상상을 하다니. 사람이 사람에

looking at the big picture and taking things into context, Chang-mo channeled all his thoughts and energy on the threat he detected in that particular moment. It seemed as though revenge was his most important destiny even though he was consuming and destroying himself in the process. Chang-mo acted like he only cared about himself, but he was actually damaging himself the most, I thought.

Chang-mo moved closer to the woman and raised the umbrella as though he was going to stab her. I grabbed his arm.

"Stop! She's pregnant."

"So what? Does having a bun in the oven make you the queen of the world? You're gonna have a shitty baby with shitty eyeballs and shitty brain."

Chang-mo started cursing at the woman's unborn baby without the slightest change in his expression. The woman had been holding her ground, raising her voice without the slightest regard for Chang-mo's feelings. But at Chang-mo's words, she grew pale. She wrapped her arms reflexively around her belly and cowered back. Noticing her backing down, Chang-mo spat out even harsher words, words I couldn't believe he was saying even though I was hearing them. How could

게 그런 마음을 품다니. 나는 놀랄 수밖에 없었다. 창모는 상대가 무엇을 가장 고통스러워하는지 정확히 파악해서 집요하게 괴롭혔다. 이제 여자는 입을 꾹 다물고 분노도 오기도 모두 사라진 표정으로, 사람이 아니라 악귀를 만난 얼굴로 창모를 쳐다봤다. 여자는 차라리 피해 갈 수 있었던 폭풍이나 지진 쪽으로 스스로 걸어 들어온 자신을 탓하며 이런 재앙이 어서 지나가기를 기다리고 있는 것 같았다.

"그만해. 이제 그만하라고."

내 손에 이끌려 버스에서 내리고서도 창모는 한동안 분이 풀리지 않아 씩씩 숨을 몰아쉬었다. 은행이 다 떨어진 은행나무 몸통을 우산으로 내리찍고 찌르며 결국 우산을 반으로 부러뜨리고서야 얌전해졌다. 나는 그 모습을 정류장 벤치에 앉아 지켜봤다. 그러는 사이 가늘게 줄어들던 비가 완전히 그쳤다.

"너무 배고파."

내가 말했다. 창모도 배가 고프다고 했다.

"떡볶이 먹고 싶어. 네가 사."

훈기가 도는 떡볶이집에 마주 앉아 매운 떡볶이와 김가루 주먹밥을 먹었다. 이미 창모의 기분은 다 풀려 있

he think that? How could he imagine something like that? How could one person entertain thoughts like that about another person? I was completely dumbfounded. Chang-mo figured out exactly how to torment other people the most and persistently harassed them. The woman was now staring at Chang-mo in stunned silence. Her face didn't show a hint of rage or pride. Instead, she looked as though she were looking at the devil himself. She seemed to be waiting for this disaster to pass, blaming only herself for walking into this storm or earthquake that she could've avoided.

"Stop, just stop it."

Even after I dragged him off the bus, Chang-mo fumed for a long time, unable to control his anger. He began to stab the trunk of a bare gingko tree with the umbrella. Only after the umbrella broke in half did he calm down. During the whole time, I sat on the bus stop bench and watched him. The rain had eased into a drizzle and stopped completely by the time he was done.

"I'm starving," I said.

Chang-mo said he, too, was hungry. "I want some tteokbokki. Your treat."

We sat down across from each other in the warm restaurant and wolfed down spicy tteokbokki and

었고 이제 창모의 머릿속에서 버스에서 만난 임산부는 말끔히 사라져 버린 것 같았다. 어떻게 그럴 수 있어? 나는 속으로 생각했다. 그 여자는 지금도 오늘 밤에도 아이가 태어나는 순간까지도 네가 했던 말을 되새기며 두려움에 떨며 너를 기억할 텐데.

"넌 왜 화를 내는 거야?"

내가 물었다.

"왜냐니? 그 여자가 나를 화나게 한 거지."

"너는 그냥 화를 내고 싶어서 화내는 것 같아."

"내가?"

창모는 모르겠다는 듯이 웃었다.

"나는 그런 거 생각 안 해봤어. 그냥 화가 나면 참지 않을 뿐이야."

나는 고개를 끄덕였다.

"네가 그런 방식으로 살겠다면 그럴 수 있지. 다른 사람의 입장을 신경 쓰거나 너의 감정을 참으면서 살지 않겠다고 결정했다면. 네 입장에서 그 여자는 싸워야 하는 적이었을 거야."

'너의 논리에서 그건 진실일 거야.'라고 나는 말했다. 창모는 입에 든 것을 씹으며 '나의 논리?' 하고 고개를

rice balls sprinkled with dried sea kelp. Chang-mo seemed to be feeling much better, as if he no longer remembered the pregnant woman on the bus. How can you do that? I thought to myself. That woman will remember what you said to her now, tonight and every day until the moment her baby is born. She'll think of you and shudder in fear.

"Why do you get so angry?" I asked him.

"What do you mean why? She made me angry."

"You look like you lash out because you just want to."

"I do?" Chang-mo laughed, not really understanding what I meant. "I've never thought about things like that. I just don't hold back when I get angry."

I nodded. "If that's how you want to live, then I suppose you can. If you've decided not to care about what other people think or even try to control your feelings. From your perspective, that woman was probably an enemy you needed to crush."

And then I told him, "It probably makes sense 'in your logic.'"

Chewing the food in his mouth, Chang-mo tilted his head in curiosity and said, "My logic?" Then he looked at me and asked me to explain.

갸웃거렸다. 설명을 해달라고, 내 얼굴을 바라보며 말했다.

그때까지 나는 창모를 딱 그 정도 태도로 대하고 있었다. 창모가 내게 찾아와서 누군가를 향한 분노를 이야기할 때, 내게 전화를 걸어서 자신의 슬픔에 대해 설명할 때 나는 그저 듣거나 어느 부분에서는 그럴 수 있지, 대꾸해 줄 뿐이었다. 그건 내가 창모의 생각이 옳다고 생각해서도, 창모의 감정에 공감해서도 아니고 순전히 창모를 조금도 친구로 생각하지 않았기 때문이었다. 창모와 창모가 어떤 방식으로든 해친 사람들을 나와는 전혀 상관없는 타인으로 여겼기 때문이었다. 그러나 그날은 어쩐지 내가 창모에게 무언가 말해 줘야 한다는 생각이 들었다.

"하지만 네가 한 선택에 책임을 져야 할 거야."

내가 말했다.

"분명히 잃게 되는 것들이 생길 거야. 너는 다른 사람들이 왜 너처럼 살지 않는지 생각해 봐야 할 거야. 사람들이 말하는 평범함이나 정상, 상식과 같은 범주가 옳다는 게 아니라 그렇게 검증된 것들이 주는 안전성을 네가 간과하고 있다는 말이야."

Until that moment, I'd treated Chang-mo with not much more than indifference. When he came to talk to me about his anger at someone, or when he called to talk about his sorrow, I simply listened, murmuring, "That's possible" at certain points. The reason I was able to do so wasn't because I thought Chang-mo was right or because I agreed with how he was feeling. It was actually because I didn't think of Chang-mo as a friend at all. To me, Chang-mo and the people he befriended somehow were complete strangers who had nothing to do with me. But on that day, I felt the need to tell him something more for some reason.

"But you have to take responsibility for the choices you make," I said. "You'll end up losing things in life. And you'll have to think about why other people don't live like you. I'm not saying that the ordinary, normal, commonsensical stuff people talk about are all right. But I am saying that you are overlooking the safety that comes from things like that—things that have been validated."

Chang-mo stopped poking at the plate of glossy red tteokbokki with a fork and looked up at me.

"But what have I to lose?"

"It's not just the things you have now. That's not how the world works. You might lose something

창모는 빨갛고 윤기 나는 떡볶이를 포크로 헤집다 말고 나를 쳐다봤다.

"하지만 내가 잃을 게 뭐가 있겠어?"

"네가 잃을 수 있는 건 지금 가지고 있는 것만이 아니야. 세상은 애초부터 그런 모양이 아니야. 그건 앞으로 네가 갖게 될 소중한 것일 수도 있고 이미 오래전에 잃어버렸던 것일 수도 있어."

창모는 고개를 기울이고 잠시 생각에 잠겼다.

"그런 걸 다 생각하면서 살면 힘들 것 같은데."

"나는 너와 달리 다른 사람의 입장을 생각해. 사실은 누구나 의식하지 못하는 수많은 찰나의 순간 자기가 아니라 다른 사람의 입장에서 생각해. 그 사람의 상황이나 마음을 상상해 보고 그 사람의 입장이 되어서 그 사람을 이해하려고 한단 말이야. 가령 아까 버스에서 만난 여자는 분명히 너한테 무례하게 굴었지. 그 여자가 너보다 연장자더라도, 설사 임신 중이더라도 너를 그렇게 함부로 대할 권리는 없어. 너도 그 여자에게 그런 대접을 받을 이유가 없고."

"그런데?"

"하지만 나라면 생각할 거야. 여자의 상태에서 여자의

that you'll come to cherish in the future. Or you might have already lost something a long time ago."

Chang-mo tilted his head sideways and was absorbed in thought for a moment. "But life would be so hard if you live thinking about all that," he said.

"Unlike you, I think about how other people would feel. Actually, in countless instances that go subconsciously unnoticed, everyone thinks from other people's perspectives. People try to think about the situation other people are in or how they might be feeling and make an effort to put themselves in other people's shoes and understand them. Take the woman on the bus for instance. She was really rude to you. She had no right you treat you that way even if she were older and pregnant. And you had no reason to be subjected to her anger."

"But?"

"But I would've thought about what she was seeing. I would've tried to see myself as a complete stranger, from her perspective. You were holding the safe, round handle of the umbrella, but from her position, she would've seen the sharp tip, which could well be used as a weapon. She might have felt threatened. After all, she was carrying a small baby that could get hurt from a slight impact.

시선에서 나를 낯설게 바라볼 거야. 여자의 눈에 네 우산은 위협적이었을 수 있어. 너는 둥글고 안전한 우산의 손잡이를 잡고 있었겠지만 여자 쪽에서는 흉기처럼 뾰족한 우산의 끝이 보였을 테니까. 위협적이지 않았을까. 작은 충격에도 다칠 수 있는 연약한 아이가 배 속에 있었으니까. 버스가 흔들리고 네가 중심을 잃기라도 하면? 앞으로 고꾸라지는 너의 체중이 우산에 실려 배를 찌른다면? 두려워서, 조급해져서 너에게 공격적으로 말한 거라면? 그런 생각을 하면 여자의 행동을 잘못 그대로 판단할 수 없게 돼. 아무래도 너그러운 마음을 먹게 되는 거야. 언젠가 나도 그 여자의 입장이 될 수 있다고 생각하니까. 내가 두려움 속에서 그런 실수를 했을 때, 다른 사람들이 조금은 따뜻한 태도로 이해해 주길 바라니까. 세상 사람들은 그런 작은 기대와 바람들로 상식을 만들어 둔 거야. 너는 그 긴밀한 약속에서 벗어난 사람이고."

나는 창모의 천진한 눈을 바라보며 말했다.

"그러니까 내 말은 네가 언젠가 벌을 받을 거라는 거야."

창모가 소리 내서 웃기 시작했다. 한참을 웃다가 내게

What if the bus jerked and you lost your balance? What if you ended up falling forward on your umbrella and stabbed her stomach? What if she was aggressive because she was scared and anxious? When you think about things like that, you can't simply judge her action as wrong. And you become a little more generous. Because you think, I could be in her position someday. And I hope that people would be as understanding when I make that kind of mistake in fear. That's why we have things like common sense. They put all those little hopes and expectations into it. And you're someone who doesn't abide by that implicit agreement."

Then I looked into Chang-mo's innocent eyes. "So I'm saying that you'll end up getting what's coming to you."

Chang-mo burst out laughing. He guffawed and giggled for a while and eventually said, "You know, my anger just fades when I talk to you. I was for sure really angry, and I really wanted to kill myself, but then I can't tell if that's really how I'd felt. Isn't that interesting?"

Other than the first year of high school, Chang-mo and I were never in the same homeroom. And it seemed that Chang-mo didn't come to school for

말했다.

"너랑 이야기하면 화가 사라져. 화가 났던 건 진짠데, 진짜 죽고 싶었는데 내가 정말 그런 마음이었는지 나도 알 수 없게 돼 버려. 신기하지 않아?"

1학년 이후로 창모와 같은 반이 된 적은 없었다. 다른 반이 된 창모는 이따금 내키지 않으면 며칠씩 학교에 나오지 않거나 교실에서도 대부분의 시간을 노란 기름 같은 볕 속에 엎드려 잠만 자는 것 같았다. 그러나 창모의 지난날과 비교했을 때 전에 없던 조용한 시기가 지나가고 있는 것만은 분명했다. 창모에 대한 소문을 들은 애들은 창모를 자극하지 않도록 조심스럽게 대했고 창모도 먼저 큰 싸움을 만들지 않았다. 나는 그때쯤 창모의 어머니와 가끔 통화하곤 했는데, 그녀는 아들의 변화를 아주 고무적으로 생각하며 어느 정도 감격한 상태였다. 창모의 어머니가 직접적으로 내게 말한 적은 없지만, 나는 그녀가 오랜 시간 자기 아들이 어딘가 망가진 채 태어난 게 아닐까 하는 두려움에 사로잡힌 채 살아왔다는 것을 느낄 수 있었다. 창모와 크게 다투었을 때, 창모가 연락이 되지 않을 때 나에게 전화를 걸어

several days when he didn't feel like it. On the days he did come to class, he slept mostly, slumped over his desk in sunlight that pooled like yellowish oil. But compared to the years before, Chang-mo spent his days without raising a ruckus. Other students who'd heard rumors about Chang-mo tiptoed around him so as not to upset him, and Chang-mo also didn't start big fights. Around that time, I started to talk to Chang-mo's mother on the phone occasionally. She found the change in Chang-mo encouraging and was very much impressed by the new Chang-mo. She never told me directly, but I could sense that she'd long been plagued by the fear that her son might have been somehow damaged from birth. When she had a huge fight with Chang-mo, or when she couldn't grab hold of him, she called me and weakly asked if I knew anything. And I felt a sense of tacit camaraderie between us.

It was also around that time Chang-mo became good friends with Hoon-ki. Hoon-ki used to play soccer but had given it up by then and was taking vocational classes. Although he was tall, at about six feet and an inch, Hoon-ki was surprisingly naive and easily scared. Chang-mo told me that Hoon-ki had a rabbit named Meowie that he's had

기운 없는 목소리로 내가 알고 있는 것이 있는지 묻는
그녀에게 나는 잔잔한 유대감을 느끼고 있었다.

그때쯤 창모가 꽤 친하게 어울리기 시작한 친구가 하
나 생겼는데, 축구를 하다가 관두고 실업계 수업을 듣
는 훈기였다. 키가 186cm나 되는 훈기는 의외로 순진
하고 놀랄 만큼 겁이 많았다. 6년 동안 키운 야옹이라는
토끼가 있다고, 그 토끼의 몸무게가 11kg이나 된다고
창모가 말해 주었다. 3학년이 돼서는 훈기와 어릴 적부
터 친구인 현도까지 셋이서 어울려 다녔다. 볼이 빨갛
고 몸집이 통통한 현도는 고집도 세고 말귀도 잘 알아
듣지 못한다고 창모는 별로 좋아하지 않았다. 창모는
가끔 그 애들을 끌고 내가 있는 교실로 와 시간을 보냈
다. 교실 앞을 지나갈 때면 복도와 면한 네모난 유리창
을 열고 내 이름을 크게 부른 뒤 손을 흔들었다. 가끔은
껌이나 동그란 사탕을 공처럼 세게 던져 주기도 했다.
그런 행동들 때문에 창모가 나를 좋아한다고 생각하는
애들도 더러 있었는데, 하지만 나로서는 창모가 누군가
를 사랑하게 되는 것을 조금도 상상할 수 없었다.

열아홉 여름 방학에는 훈기의 외갓집에 갔다. 평생을
부두에서 나고 자란 여자답게 입이 걸걸한 훈기 외할머

for six years and that it weighed 24 pounds. In the last year of high school, Chang-mo and Hoon-ki also started hanging out with Hyeon-do, who had been friends with Hoon-ki since elementary school. Chang-mo didn't much like Hyeon-do, who was a bit on the chubby side with permanently flushed cheeks, apparently because Hyeon-do was headstrong and slow. Occasionally, Chang-mo came over to my homeroom with both Hoon-ki and Hyeon-do to hang out. When passing by my homeroom, he opened the small window on the wall between the classroom and the hallway, shouted my name and waved. Sometimes he tossed me pieces of gum or candy much too hard as though he were throwing a ball. Because of that, some kids thought Chang-mo liked me, but I couldn't at all imagine Chang-mo loving someone.

In the summer of the year we turned eighteen, the four of us went to visit Hoon-ki's grandmother. Born and bred in a harbor, Hoon-ki's grandmother had a mouth as foul as any seaman, but she made us savory kalguksu(chopped noodles) with the fish and seafood she bought from the early morning fish market and filled us up. Hyeon-do devoured two entire bowls of the noodles, and even the picky Chang-mo enjoyed a whole bowl. I'd been

니는 새벽 어시장에서 직접 골라온 생선과 해물로 진득한 칼국수를 끓여 우리를 배불리 먹였다. 먹성 좋은 현도는 두 그릇을 싹 비웠고 입이 짧은 창모도 맛있게 먹었다. 나는 내심 창모가 어른을 어떻게 대할까 걱정하며 마음을 졸였는데 그런 걱정이 무색할 정도로 창모는 할머니의 욕설도 거친 손길도 넉살 좋게 받아 내며 시종일관 예의 바르게 굴었다.

저녁에는 바다에 나갔다. 하늘과 바위섬이 가득한 수평선 사이로 붉은 해가 번지며 일그러지며 사라지는 것을 구경했다. 발이 모래 속으로 푹푹 빠지는 해변을 조금 걸었고 턱을 들고 공기에 섞인 소금 냄새를 맡았다. 하얗게 날아가는 물새들을 지켜봤다. 어둠이 내려온 모래 위에 앉아 한 손에 얇은 폭죽을 하나씩 들고 맥주를 마셨다. 치지지직 소리를 내며 작고 치열하게 타들어 가는 폭죽을 둥글게 어지럽게 흔들며 거의 다 태웠을 때, 창모가 좋아하는 여자가 생겼다고 말했다. 처음에 우리는 그 말을 믿지 못하고 재미있는 농담처럼 웃었는데 창모는 조금도 웃지 않았다. 정말이라고, 그 여자가 정말 좋다고 진지하게 말해 우리를 깜짝 놀라게 했다.

창모가 좋아하게 된 여자는 창모의 과외 선생님이었

secretly concerned about how Chang-mo would behave in front of an elderly woman like Hoon-ki's grandmother, but he put my worries to shame, playfully handling her vulgarities and rough mannerisms and behaving politely the whole time.

We headed out to the beach in the evening to watch the red sun blur between the sky and the horizon dotted with rock islets and gradually vanish into the horizon. Our feet sank into the soft sand as we walked on the beach. We held our chins up high and inhaled the smell of salt mixed in the air, and we watched white waterfowls fly away. After the darkness descended on the beach, we sat on the sand and drank beer, each holding a sparkler in one hand. We swung our arms around in circles and twirled the sparklers as they burned with a small and intense crackle. When the sparklers were nearly burned down to a nub, Chang-mo said there was a girl he liked. At first, none of us believed him, and so we laughed as though he'd just made a joke, but Chang-mo didn't even smile. Instead, he surprised us all by saying that he was serious and that he really liked her.

The girl that Chang-mo fell in love with was his tutor. Chang-mo said that she was two years older than us and was studying English literature in col-

다. 자기보다 나이가 두 살 많고 대학에서 영문학을 공부하고 있다고, 이름은 소호라고 창모는 이야기했다. 그러면서 한순간 부드럽고 몽롱한 표정을 지었는데 나는 그 표정을 보고서야 창모가 진짜 사랑에 빠졌다는 것을 믿을 수 있었다. 짧은 순간, 그 변화가 창모에게 도움이 될지도 모른다는 생각이 들었다. 다른 사람의 마음에 공감하는 법을 배우고 안정적인 정서를 만들어 갈 수도 있을 거라고. 하지만 곧바로 창모가 가지고 있는 폭력성이 피부처럼 가까워진 연인에게 어떻게 작용하게 될지 두려운 마음이 들었다. 타인은 물론, 자기 자신까지 아무렇지 않게 망가뜨리는 창모가 그 여자를 해치게 될까 봐, 관계를 좀먹고 스스로도 서서히 죽어갈까 봐 겁이 났다.

본격적인 연애를 시작하면서 창모의 기분은 열대 정글의 날씨처럼 하루에도 열두 번씩 변했다. 창모는 하루하루 자신 안에서 불가항력적으로 움직이는 감정과 불가해한 방식으로 이루어진 사랑의 마음을 발견하며 감동하면서도, 소호 언니의 말 한 마디 행동 하나에 절망과 분노를 느꼈다. 창모가 나에게 전화를 거는 순간은 언제나 후자였는데, 그런 때면 나는 몇 시간이고 창

lege. He said her name was So-ho. And for a moment his face softened into a dreamy expression, and only then was I able to believe that he was really in love. I thought that perhaps this change would help Chang-mo learn to empathize and become emotionally stable. But immediately, I felt a rush of fear, thinking about how his violence might affect someone who would be as intimate as skin to him. I became scared for Chang-mo, who ruins other people as easily as he ruins himself. I grew afraid that he might hurt her, destroy their relationship, and slowly die out himself.

After he started dating, Chang-mo's feelings and mood changed a dozen times a day, like the fickle weather conditions of a tropical rain forest. Every day, he was touched to discover the uncontrollable emotions and incomprehensible feelings of love he'd never felt before, but he also plunged into despair and anger at So-ho's words or actions. Chang-mo always called me in the latter instances, and, every time, I listened to him repeat the same story for hours on end. Occasionally, I consoled and comforted him as he cried, telling him that what he was feeling was natural, that everyone in love felt those things. I also told him that everyone in relationships experiences these problems and many fail, but it

모의 반복되는 이야기를 들어주었다. 가끔은 어린애처럼 우는 그를 어르고 달래며 지금 네가 느끼는 감정은 사랑을 하는 사람들이 보편적으로 느끼는 감정이라고, 모두가 겪고 많은 수가 패배하지만 서로를 이해하려는 의지가 남아 있다면 이겨낼 수도 있는 문제라고 말해주었다.

창모는 언제나 자기 마음이 무너졌으니 세상도 무너질 거라고 확신하는 어린아이 같은 태도로 내게 전화를 걸었다. 자신에게 중요한 문제가 나에게도 당연히 중요할 거라고 믿고 있었다. 창모에게는 그 종말이 진실이라고, 나는 생각했다. 나와 시간을 보내면서 잠시 슬픔을 잊고 자기도 모르게 웃음을 터뜨리고 마침내 농담을 할 수 있게 되는 과정이 창모에게는 중요하다고.

"네 시간을 다 뺏고 너를 그렇게 괴롭혀 놓고 결국엔 아무렇지도 않게 그 여자를 다시 만나러 가잖아."

창모의 전화를 받기 위해 매번 독서실을 뛰쳐나가는 나를 지켜보던 한 친구가 그렇게 말한 적이 있다. 창모를 이해하는 나를 이해할 수 없다고.

"헤어지고 싶다거나 헤어지게 될 거 같다는 말은 애초에 안 믿었어. 대화 내용은 중요한 게 아니고 그냥 창

could be overcome if the two of them were willing to be understanding of each other.

Every time, Chang-mo called me with a childlike conviction, certain that the world would come to an end now that his heart was broken. He genuinely believed that what was important to him would also be important to me. I knew that this feeling of the world coming to an end was real to Chang-mo. And I believed that it was important for him to spend time with me, to go through the process of forgetting his sorrow, bursting into laughter in spite of himself, and finally being able to crack a joke.

"He wastes your time and bothers you so and just leaves to go see her again as though nothing happened," a friend said once after watching me rush out of the library to take Chang-mo's calls. She said she couldn't understand how I could understand Chang-mo.

"I never believe him when he says that he wants to break up or thinks that they'll break up. It's not the content of the conversation that matters. Chang-mo just needs time to talk things out. I was only trying to help, and talking to me helps him, so ultimately it's nothing to feel bad or angry about."

At my carefully reasoned answer, she winkled her

모한테는 대화를 나누는 시간이 필요했던 거니까, 나는 도움을 주려던 거였고 도움이 됐으니까 결과적으로 기분 나쁠 일이 아니지."

내가 그렇게 정성 들여 대답하자, 친구는 미간을 찡그리며 냉담하게 말했다.

"웃긴다. 걔가 너한테 그런 호의를 받을 자격이 있어?"

그때 나는 조금 놀라며 그것에 대해 처음으로 생각하게 되었는데, 잠시 고민해 보고 이렇게 대답할 수 있었다.

"나는 그냥 내 눈앞에 보이는 위험에 처한 사람을 구하는 거야. 창모나 창모가 해치려는 사람들은 실제로 위험해질 수 있고, 내가 조금만 도와주면 아무 일도 일어나지 않을 테니까. 그걸 알고도 막지 못하면 내 마음도 다칠 테니까. 사람이 사람을 돕는 세상은 이런 식으로 이루어진 게 아닐까?"

그러나 그해 겨울이 찾아왔을 땐 조금 다른 질문을 받았다.

"창모 같은 애를 정말 도와도 된다고 생각해?"

그 질문은 현도의 입에서 나왔다. 수능을 몇 주 앞둔

forehead and coldly said, "That's funny. Does he even deserve your kindness?"

I was surprised by her question and came to think about that for the first time. After a few moments, I was able to tell her, "I'm only trying to help someone in danger right in front of my eyes. Chang-mo or the people he wants to harm are really at the risk of being in danger, but nothing dangerous will happen if I just help him a bit. Knowing all that, I'd feel guilty if I don't do anything to prevent people from falling in danger. I think that's how we can create a world where people help other people, don't you think?"

And that winter, I was confronted with a slightly different question.

"Do you really think that you should help someone like Chang-mo?"

This question came out of Hyeon-do's mouth. It was a cold night a few weeks before the college entrance exam. It was the first and the only time Hyeon-do came over to my house to talk. We started walking to find a place to talk. It was much too cold to stand still or sit down outside, so I listened to him as we walked. Hyeon-do told me about a fight Chang-mo and Hoon-ki had. I'd also noticed then that the two of them weren't on good

추운 저녁이었고, 전에는 한 번도 그런 적이 없지만 현
도가 단둘이 만나자고 나를 찾아왔다. 나는 집 앞으로
찾아온 현도와 이야기할 만한 곳을 찾아 걷기 시작했는
데 날이 너무 추워서 가만히 앉거나 서 있을 수가 없었
고 그래서 계속 앞으로 앞으로 조금씩 걸으면서 현도의
이야기를 들었다. 현도는 창모와 훈기가 싸운 이야기를
들려줬다. 근래에 둘의 사이가 좋지 않다는 것은 나도
눈치채고 있었다. 그때쯤 창모는 거의 가출 상태로 소
호 언니 집에서 동거 중이었고, 언니와 사이가 틀어지
면 불같이 주변을 들쑤시다가 다시 언제 그랬냐는 듯
언니를 사랑하러 가 버리는 식이었다. 착하고 고지식한
훈기는 매번 창모를 걱정하고 도와주려다가 도리어 상
처를 받았다.

"창모가 훈기한테 가족들을 다 찔러 버리겠다고 했어.
내가 그걸 옆에서 들었어."

현도는 잠시 숨을 고르며 놀라서 입을 틀어막은 나를
조용히 바라봤다.

"그 새끼 훈기 외할머니가 해 주신 밥을 맛있다고 다
먹었어. 그 밥을 먹어 놓고도 그런 소리를 했다고."

현도는 고개를 흔들었다.

terms. Around that time, Chang-mo had nearly run away from home and was staying with So-ho. When he got into a fight with her, he'd roam around, stirring up trouble for a while before rushing back to love her again as though nothing had happened. Kind and simple Hoon-ki worried about Chang-mo every time and tried to help but only ended up getting hurt instead.

"Chang-mo told Hoon-ki that he'd stab all of Hoon-ki's family. I actually heard him say that."

My hand covered my mouth in shock, and Hyeon-do looked at me in silence.

"That son of a bitch ate up all the food that Hoon-ki's grandmother made us. And he still said that."

Hyeon-do shook his head sideways and continued, "I'm going to grow apart from him. I'm not going to fight. I'm just going to drift apart from him so that he can't even tell when or why we stopped being friends. I'm just going to gradually disappear from his side without a trace and be a stranger."

I watched Hyeon-do, as he spat out these words with frightening determination, each word like a slap in my face.

"What are you going to do? Don't you feel guilty that you're friends with him?"

I couldn't say anything to him at that time. I didn't

"나는 창모랑 멀어질 거야. 싸우지도 않고 왜인지도 언제부터인지도 모르게 그냥 서서히 멀어져서 아무런 흔적도 남기지 않고 모르는 사이가 될 거야."

무서울 정도로 단호하게 말하는 현도의 얼굴을 나는 매를 맞는 기분으로 바라봤다.

"너는 어때? 그런 사람의 친구라는 것에 죄책감을 느끼지 않아?"

나는 그때 아무 대답도 하지 못했다. 나는 그것에 대한 대답을 가지고 있지 않았다.

창모에게 연락이 왔을 때, 실망했다고 말했다. 이번엔 선을 넘었다고, 너에게 가지고 있던 기대가 모두 무너졌고 이제 너와는 더 이상 이야기하고 싶지 않다고 쏘아붙였다. 그러니 연락하지 말라고 냉정하게 전화를 끊었다. 그 뒤로 창모에게 몇 번의 전화가 더 걸려왔지만 받지 않았다. 이걸로 끝이라고 생각했다.

그러나 시간이 흐를수록 무언가 잘못되었다는 생각이 들었다. 이런 식으로 모든 걸 끝내는 것이, 모든 잘못을 창모에게 전가하고 나는 안전하게 빠져나오는 것이 비겁하게 느껴졌다. 내가 무엇을 더 해야 하는지 알 수 없었지만, 아직 끝나지 않았다는 것만은 분명히 알 수

have an answer to that question.

When Chang-mo called me, I told him that I was disappointed in him, that he'd crossed a line. I snapped at him, saying that I expect nothing good from him and I don't want to talk to him anymore. I told him never to call me again and hung up. Chang-mo called me a few times after that, but I didn't answer him. I thought this was it. This was the end.

But as time passed, I started to think that something was wrong. Putting an end to everything this way—placing all the blame on Chang-mo while I got out safe and sound—made me feel like a coward. I wasn't sure what else I needed to do, but I was sure that nothing had ended.

That was why I answered Chang-mo's next call and learned that he was in the emergency room. It was two in the morning. When he saw me step into the ER, Chang-mo called out my name, just as he'd called me through the window from the hallway back in high school. As I approached him, I scanned his bruised face and bloodied white shirt. When I reached his bedside, Chang-mo smiled with his mess of a face.

"You're the only one who came." His voice was laced with pure happiness. "My mom and So-ho, they both said they weren't coming."

있었다.

그런 마음으로 창모에게서 걸려온 전화를 받았을 때, 창모는 응급실에 있었다. 시간은 새벽 두 시였다. 응급실에 들어서는 나를 보고 창모가 내 이름을 크게 불렀다. 마치 복도에서 교실 창문을 열고 나를 부르듯이. 나는 창모에게 한 걸음씩 걸어가며 여기저기 터진 얼굴과 피가 묻은 하얀 셔츠를 찬찬히 보았다. 내가 침대 바로 앞까지 다가가자 창모가 엉망인 얼굴로 웃었다.

"너밖에 안 왔어."

목소리에는 순수한 기쁨이 묻어났다.

"엄마도, 소호 누나도 아무도 오지 않겠대."

"누구랑 싸운 거야?"

"모르는 사람."

나는 크게 한숨을 쉬었다.

"넌 왜 그러는 거야."

"미안해."

창모가 지친 눈으로 나를 올려다봤다.

"내가 다 잘못했어."

어째서 네가 더 상처받은 얼굴을 하고 있냐고 나는 따지지 않았다. 이제는 익숙하면서도 여전히 낯설게 느

"Who did you fight?"

"Someone I don't know."

I let out a huge sigh. "Why do you do this?"

"I'm sorry," said Chang-mo as he looked up at me with tired eyes. "It's all my fault."

I didn't criticize him for looking as though he were the one who hurt more. Instead, I looked into his now familiar yet still unfamiliar face and wondered who he was. What he really was.

And I thought that, from the beginning, it was impossible to fully understand someone. People weren't one-sided. They were multi-dimensional, changing their shapes to become something completely different depending on the perspective. People were fluid, endlessly transforming and changing positions over time. At times, they were also a set of possibilities that concurrently exists in various parallel states. Anyone who defined another person as being "such and such" would never be right, and that was the only truth. But this is my imagination, a memory I have shaped by repeatedly going over the same moment in my head. I didn't really think this at the time. Then, I only had a vague assumption, out of pure instinct or intuition.

Until graduation, Hyeon-do stayed friends with Chang-mo as he'd told me he would. They ate

껴지는 창모의 얼굴을 들여다보며 대체 이 사람은 누구인가, 이 애의 진짜 실체는 무엇일까 곰곰이 생각했다.

어쩌면 처음부터 하나의 인간을 온전히 파악하는 건 불가능하다는 생각이 들었다. 사람은 단순한 하나의 면이 아니라 보는 방향에 따라, 입장에 따라 전혀 다른 모양이 되는 입체이고, 또한 시간의 흐름에 따라 모양과 위치가 끊임없이 변하는 유동체이며, 때로는 평행한 여러 가지 상태로 동시에 존재하는 가능성들의 집합임을 깨달았다. 누군가를 어떤 사람이라고 정의하는 것은 반드시 틀린 말이 될 거라고, 그것만이 분명한 진실이라고 나는 생각했다. 하지만 이것은 오랜 기억을 반복하며 내가 덧붙인 상상이고, 그때의 나는 이런 생각을 하지 못한다. 그저 순수한 직감이나 마음의 이끌림으로 어렴풋이 짐작하고 있을 뿐이었다.

졸업 전까지 정말 현도는 창모와 아무렇지 않게 지냈다. 같이 점심을 먹고 마주 보고 웃으며 가끔은 함께 나를 보러 왔다. 그런 현도를 지켜보며 마음이 괴로웠던 기억이 난다. 그때로 돌아간다면 현도에게 함께 추운 거리를 걸었던 밤 하지 못했던 대답을 들려주고 싶다. 창모가 좋은 사람인지 나쁜 사람인지 나는 말할 수 없

lunch together, laughed together, and came to see me at times. I remember how difficult it was to watch Hyeon-do. If I could go back in time, I'd like to give him an answer to the question he asked that night as we walked the cold streets. I don't know if Chang-mo is a good person or a bad person, but I can decide how far I will be standing from Chang-mo. And I'll take responsibility for my decision. I want to assure young Hyeon-do that I'd think long and hard to make sure that my decision does not harm anyone. But just like the many things that have disappeared over time, Hyeon-do is not here anymore. He gradually drifted apart from Chang-mo and me, and now I no longer know where he is or how he is doing.

After I got into college, I talked to Chang-mo every now and then. I became the journalism major I'd longed to be and was completely immersed in keeping up with the amazing yet appallingly rigorous curriculum. I also started volunteering at a non-profit organization that sponsored near-extinct organism and ecology preservation and joined the women's rights newspaper at school as a guest reporter. There were too many issues in the world that needed my attention and focus. I lent my gaze

지만, 내가 지금 창모로부터 어디쯤에 서 있을지는 결정할 수 있다고. 내가 한 선택에 책임을 지겠다고 말해 주고 싶다. 그것이 누군가를 해치는 일이 되지 않도록 신중히 고민하겠다고 안심시켜 주고 싶다. 그러나 사라진 많은 것들처럼 이제 현도는 사라지고 없다. 현도는 서서히 창모와 나에게서 멀어지다가 지금은 어디에 있는지, 어떻게 살고 있는지 아무것도 알 수 없게 되었다.

대학에 들어가면서 창모와는 드문드문 연락하게 되었다. 나는 원하던 신문방송학과에 입학했고 훌륭하면서도 끔찍한 커리큘럼을 따라가는 데 온 정신이 팔려 있었다. 또 멸종 위기종과 생태계 보전을 후원하는 비영리 단체에서 자원봉사를 시작했고, 교내 여성 인권 신문에 객원 기자로 들어갔다. 세상에는 관심을 기울이고 주시해야 할 이슈가 넘쳐났다. 나는 때론 두근거리는 마음으로, 때론 열정적인 마음으로, 때론 참담한 마음이 되어 멀고도 가까운 세계의 일들에 시선과 손길을 보냈다. 그러는 사이 창모는 그만의 보이지 않는 중력에 이끌려 어디론가 계속 흘러갔다.

창모는 부모님이 애써서 보낸 지방대를 한 학기도 채

and hands to the things happening in the far yet near parts of the world, sometimes with my heart pounding with excitement, other times with energetic passion, and yet other times with feelings of misery and distress. Meanwhile, Chang-mo continued to drift around, pulled by the invisible force of gravity.

Chang-mo's parents had worked hard to enroll him in one of the lower ranking schools, but Chang-mo quit within the first semester. He seemed to be working part time jobs here and there, but by the time I asked him about work, he'd already quit. Sometimes, he was renting a place to live, but other times he was crashing at someone else's.

"Do you ever go home?" I asked, and he answered that he went home occasionally, when he wanted a long, hot bath, but only when no one else was home. I knew that Chang-mo was hanging out with new friends he made somewhere and drinking every day. I also knew that he regularly went and danced at clubs until the wee of the morning and kept in touch with women he met on the streets. And it seemed like he was still seeing So-ho on and off, but he didn't tell me anything in detail.

다니지 못하고 그만두었다. 이런저런 아르바이트를 하는 것 같았는데 얼마 후에 내가 다시 물어보면 대개 그만둔 상태였다. 어떨 때는 방을 얻어 살다가 어떨 때는 또 누군가의 집에 얹혀 지냈다. 집에는 안 들어가느냐고 내가 묻자, 가끔 오랫동안 뜨거운 물로 실컷 목욕하고 싶을 때 가족들이 다 나가고 없는 시간에 들어가서 씻고 나온다고 창모는 대답했다. 나는 창모가 어디선가 새로 사귄 친구들과 어울려 다니며 거의 매일 술을 먹는다는 것을 알고 있었다. 자주 새벽까지 클럽에서 춤을 추고 길에서 만난 여자들과 연락하고 지낸다는 것도 알고 있었다. 그리고 아마도 소호 언니와 드문드문 계속 만나고 있는 것 같았는데 나에게 자세히 이야기하진 않았다.

내가 대학교 2학년 때 창모는 우리 학교 축제에 놀러 왔다. 우리 과는 나무 발과 어두침침한 한지 전등으로 분위기를 낸 학과 주점에서 파전과 제육볶음을 팔았다. 총무를 맡은 내가 소주와 맥주, 대파, 양파, 달걀, 밀가루 등의 재고를 확인하고 있을 때 창모가 어두운 주점 안으로 들어왔다. 잠시 두리번거리다가 나를 발견하고는 손을 들고 웃었다. 나는 창모를 거의 세 달 만에 보는

In my second year in college, Chang-mo came to my school festival. My department had set up a one-night pub, decorated with wooden blinds and paper lanterns for dimmed lighting. We sold drinks with scallion pancakes and spicy pork stir fry. I was in charge of the whole operation, and while I was checking the inventory for soju, beer, scallions, onion, eggs, and flour, Chang-mo walked in. He looked around, and as soon as he saw me, he smiled and waved. It'd been about three months since I last saw him, and I was surprised to see how much weight he'd lost since. Smiling, I approached him. He already smelled faintly of alcohol.

"You really came," I said.

"Of course I came."

"Did you come alone?"

"Yeah."

I led him to a table and told him I'd be back after taking care of a few things. I sent a plate of spicy pork stir fry and a bottle of soju his way. I meant to wrap things up and head on over, but people kept on piling in so that I got caught up. I was busy sending customers to tables, taking care of the bills, and writing receipts, when I remembered Chang-mo and looked up, only to notice that his

것이었는데 창모가 너무 살이 빠져서 깜짝 놀랐다. 나도 슬쩍 웃으며 창모 곁으로 다가갔다. 이미 창모에게서는 옅은 술 냄새가 났다.

"정말 왔네."

내가 말했다.

"그럼 왔지."

"혼자 왔어?"

"응."

나는 창모를 자리로 안내하고 잠시 혼자 먹고 있으라고 곧 오겠다고 말하며 그쪽으로 제육볶음 한 접시와 소주 한 병을 보냈다. 잠시 마무리만 지으려던 것이 손님이 밀려들면서 자꾸 길어졌다. 정신없이 손님들을 테이블로 보내고 계산을 하고 간이영수증을 끊다가 아차 하고 창모의 테이블을 확인했을 때 창모는 사라지고 없었다. 주점 밖으로 나와 창모에게 전화를 걸어봤지만 받지 않았다.

그날 밤 내가 호수에 빠진 창모를 발견한 것은 순전한 우연이었다. 인파가 우글거리는 캠퍼스 중앙을 벗어나 잠시 산책을 하려던 것이었는데 누군가 호수에 빠진 사람이 있다고 소리치는 것이 들렸다. 창모는 두 명의

table was empty. I walked out of the pub and called him, but he didn't pick up.

That night, I found Chang-mo in the lake by pure chance. I was only taking a walk, away from the crowded campus center, when I heard someone shout something about someone falling in the lake. Two men were supporting Chang-mo from each side, dragging him out of the black water. I got on the ambulance along with Chang-mo. Inside, I looked at his pale face, and for some reason I thought that he was going to die before long. Suddenly tears welled up in my eyes, and I couldn't stop crying the whole way to the hospital. Hooked up to an IV, Chang-mo slept for a long time in the emergency room. He was diagnosed with malnutrition. The doctor on call told me that there was nothing but alcohol in his stomach.

Time passed again. I'd graduated from college and was working as a junior reporter at a newspaper. Since I'd gotten a job, I had moved out of my parents' house, bought a car, and invested in a couple of funds. I was also dating a political journalist from a different newspaper. He was someone who had never strayed from the elite way of life, and he took his flawlessly crafted life for granted. And like someone who lived such a life, he was

63

남자에게 어깨가 붙들려 검은 물속에서 끌려 나오고 있었다. 나는 창모를 실은 구급차에 올라탔다. 달리는 차 안에서 창백하게 질린 창모의 얼굴을 가만히 바라보는데 이상하게도 창모가 곧 죽을 것 같다는 생각이 들었다. 갑자기 왈칵 눈물이 쏟아져서 나는 병원에 도착할 때까지 울음을 멈출 수 없었다. 창모는 링거와 영양제를 처방받고 응급실 침대에서 밤새 긴 잠을 잤다. 영양실조 진단을 받았고 위 속에는 먹은 음식물이라곤 하나도 없이 온통 술뿐이라고 당직 의사가 말해 주었다.

또 긴 시간이 흘렀다. 나는 대학을 졸업하고 한 신문사의 사회부 수습기자를 하고 있었다. 직장을 잡으면서 집에서 독립한 상태였고 차를 샀고 몇 가지 펀드를 하고 있었으며 다른 신문사의 정치부 기자와 사귀고 있었다. 그는 단 한 번도 엘리트 코스에서 벗어나 본 적 없는 사람이었고, 자신이 흠집 없이 세공된 인생을 살아가는 것을 당연하게 여겼다. 그렇게 살아온 사람답게 말과 행동에서 자기에 대한 확신과 여유가 느껴졌다. 물론 박식했으며 세계에 대한 날카로운 감수성도 가지고 있었다. 품위 있게 겸손한 태도를 지킨다는 점도 마음에 들었다. 그는 내게 한참 푹 빠져서 매일 밤 나를 보러 왔

self-assured and confident in his speech and de-
meanor. He was also knowledgeable and had a
keen sensitivity to the world. I liked the fact that he
was politely modest. He had been really into me
around that time and came to see me every night.
And on that night, we decided to go grab beer at
some place casual. The pub we went to was a big
and noisy establishment where you could play
darts or foosball. When we were drinking, Chang-
mo approached us, addressing me. He called my
name and looked straight at me as he walked over
to us, but it took me some time to recognize him. I
remembered that it'd been almost a year since I last
saw him and that we'd last talked several months
ago. From behind him, a tall woman wearing her
bleached hair in a cropped bob came toward us. I
immediately realized that she was So-ho. My eyes
met Chang-mo's, and it became certain. They
joined us at our table, and we started drinking.

"Then you've been friends for nearly a decade?"
Without a hint of hesitation, my boyfriend eased
Chang-mo and So-ho into conversation.

"She's my savior," Chang-mo said as though it
were a funny joke. "If it hadn't been for her, I'd be
dead already."

Then he turned to me. "You've never actually met

는데 그날은 캐주얼한 곳에서 맥주를 먹기로 했다. 다트나 테이블 축구 게임을 할 수 있는 넓고 시끄러운 펍이었는데 그와 맥주를 먹고 있을 때 창모가 다가와 말을 걸었다. 내 이름을 부르며 정면에서 똑바로 다가왔는데도 나는 단번에 창모를 알아보지 못했다. 창모를 보지 않은 지 거의 1년이 되었다는 것과 마지막으로 연락한 것도 지난 계절임을 기억해 냈다. 창모 뒤로 키가 크고 여러 번 탈색한 머리를 단발로 자른 여자가 다가왔다. 나는 단번에 그 여자가 소호 언니임을 알아봤다. 창모와 눈이 마주치자 사실임이 분명해졌다. 그들과 합석해서 술을 마시기 시작했다.

"그럼 거의 십년지기 친구네요?"

남자 친구는 당황하는 기색 없이 창모 커플을 편하게 대해 주었다.

"은인이죠. 이 친구가 없었으면 전 이미 죽었을 거예요."

창모가 재미있는 농담처럼 말했다.

"실제론 처음 보지? 이쪽이 소호야."

"얘기 많이 들었어요. 반가워요, 언니."

소호 언니는 들릴 듯 말 듯 조용하게 나도 반가워요

her, right? This is So-ho."

"I've heard a lot about you. Nice to meet you, So-ho."

In a voice so quiet that I could barely hear, So-ho returned the greeting. It turned out she'd been quite drunk already.

Chang-mo put his arm around So-ho's slender shoulders and pulled her closer to him, saying, "We're getting married next spring."

"Oh wow, really? Congrats!"

But I felt as though he were being chased. I thought he was talking too much. Our conversation flowed pleasantly and seamlessly without awkward breaks, but occasionally there were times when only Chang-mo and So-ho laughed out loud. And every time they did, my blood ran cold for some reason. We parted after three or four glasses of beer. Chang-mo wrapped his arm around So-ho, who was drunk and staggering, and they walked away into the darkened street. As they left, Chang-mo turned to wave and shouted that we should grab something to eat sometime soon and that it'd be his treat.

My boyfriend saw me home, and on the way he told me that he found a job for Chang-mo back at the pub while I went to the bathroom. He said that

하고 말했다. 알고 보니 그녀는 이미 많이 취한 상태였다.

창모가 한쪽 팔로 소호 언니의 가느다란 어깨를 끌어당기며 말했다.

"우린 내년 봄에 결혼하기로 했어."

"와 정말? 축하해!"

말은 그렇게 했지만 나는 창모가 무언가에 쫓기고 있다는 느낌을 받았다. 혼자서 너무 많은 말을 하고 있다고 생각했다. 대화는 끊이지 않고 부드럽고 유쾌하게 이어졌지만 가끔 창모와 소호 언니만 크게 웃는 순간이 있었다. 그럴 때마다 나는 왜인지 가슴이 철렁 내려앉는 것을 느꼈다. 맥주를 서너 잔씩 마시고 자리를 끝냈다. 창모는 헤어질 때 취해서 비틀거리는 소호 언니의 허리를 붙잡고 어둠이 내린 길로 걸어갔다. 가면서 곧 밥을 한번 먹자고, 자기가 사겠다고 손을 흔들며 소리쳤다.

남자 친구는 나를 집까지 데려다주면서 내가 화장실에 갔을 때 창모에게 일자리를 주선해 주었다고 털어놓았다. 창모가 현재 실업 상태이고 급하게 돈이 필요하다고 해서 아는 형이 운영하는 카페를 소개해 줬다고.

Chang-mo was unemployed and was in urgent need of money, so he told him about a part time position available at a friend's coffee shop. Then he scanned my face for a reaction and asked, "Was that a mistake?" I told him no and thanked him for his concern, but I felt a huge knot lodged in my heart.

The coffee shop where Chang-mo started working was a small takeout shop for coffee and fresh fruit juice and reheated frozen pastries. Chang-mo worked there from 6 pm to midnight, five days a week. But about a month later, he vanished with all the cash in the cash register. Not only that, he took the blender, mini oven, and other stuff that could be sold for a decent sum and left coffee beans, fruits, and plastic cups strewn about on the floor.

"It seems that he even drank alcohol a few times in the shop," my boyfriend told me in all honesty. When I told him that I'd pay for everything, he said that he'd already taken care of everything.

"I offered the job to your friend without really knowing who he was, so it's completely my fault and not yours. Really there's no need for you to feel bad."

He was an honorable person, and I knew that everything he said was said with honest sincerity.

About a month after that, So-ho came to see me.

그러면서 내 표정을 살피더니, 내가 실수한 거예요? 하고 물었다. 나는 아니라고, 마음 써줘서 고맙다고 말했지만 좀처럼 마음이 편해지질 않았다.

남자 친구가 창모에게 소개해 준 카페는 한두 평 정도 크기의 작은 카페로 커피와 생과일주스를 팔고 간단한 냉동 빵들을 데워서 판매하는 테이크아웃 전문점이었다. 창모는 거기서 주 5일 동안 오후 6시부터 자정까지 일했는데 한 달쯤 뒤에 포스에 있는 현금을 들고 사라졌다. 돈만 사라진 게 아니라 믹서나 오븐 같은 돈이 될 만한 물건들도 가져갔고, 원두와 과일과 플라스틱 컵 따위를 엉망으로 바닥에 어질러 놓았다고, 그 카페 안에서 술을 먹은 흔적도 있다고 남자 친구는 솔직하게 전해 주었다. 내가 피해 금액을 배상하겠다고 하자 그는 이미 그것을 다 배상했다고 말하며 자기가 '너의 친구'를 잘 모르면서 섣불리 제안한 일이니 이것은 자신의 잘못이며 너의 잘못이 아니라고, 정말 조금도 미안해할 필요 없다고 말했다. 그는 품위 있는 사람이었고 그 말이 모두 진심이라는 것을 나는 알 수 있었다.

그 일이 있고 한 달쯤 뒤에 소호 언니가 나를 찾아왔다. 소호 언니가 너무 울어서 나는 그녀를 데리고 조용

She was crying so much, and I took her to a quiet udon restaurant and bought her a bowl of udon. As she took small mouthfuls of broth, she said that she and Chang-mo were both were to blame for what happened at the coffee shop. They had no choice because they really needed the money, but she said she'd do whatever she can to pay me back. I told her that it was all done and past and she didn't need to worry about it. She then told me that Chang-mo disappeared. He vanished a few days after they stole the money from the coffee shop. His phone was suspended, and he never came home. She said that it'd been a month since she'd last seen him. She looked into my face and asked me if I knew where he might be.

"I'm not sure," I answered.

So-ho cried, saying that she was terribly worried about Chang-mo, worried that he might be in some kind of trouble since he'd never done anything like this before. I consoled her, telling her that everything would be okay. I told her to go home, think good thoughts, and wait for Chang-mo.

About two or three months after that, I received a call from Chang-mo's mother. It was the first time she called me in four or five years, but she sound-

한 우동 집에 가서 우동을 사 주었다. 소호 언니는 따뜻한 우동 국물을 조금씩 떠먹으며 카페 일은 자신과 창모가 같이 한 짓이라고 돈이 너무 필요해서 그랬는데 언제고 자기가 꼭 갚겠다고 말했다. 나는 아니라고 다 지나간 일이라고 이제 마음 쓸 필요 없다고 말해 주었다. 소호 언니는 창모가 사라졌다고 말했다. 카페 돈을 들고 나와서 얼마 뒤에 사라졌다고. 휴대폰도 정지시키고 집에도 돌아오지 않고 한 달째 보지 못했다고 했다. 창모가 어디에 있는지 짐작 가는 곳이 없냐고 그녀는 내 얼굴을 들여다보며 물었다. 나는 글쎄요, 모르겠어요 하고 대답했다. 소호 언니는 창모가 너무 걱정된다고, 이런 적이 한 번도 없었는데 위험한 상황에 빠진 건 아닌지 무섭다고 눈물을 흘렸다. 나는 다 괜찮을 거라고, 좋은 생각만 하면서 마음을 좀 놓으라고, 돌아가서 창모를 기다려 보라고 말해 주었다.

두어 달 뒤에는 창모 어머니의 전화를 받았다. 그녀는 나와 거의 4~5년 만에 처음 연락한 것인데도 반가운 기색이 역력했다. 그녀는 내가 기자가 되었다는 소식을 일찍이 들었다며 축하한다는 말을 전했다. 빨리 축하해 주지 못해 미안한 마음이라고 말했다. 내 성품과 총명

ed happy to talk to me. She said that she'd heard about how I became a journalist a while ago and congratulated me. She was sorry that she was only now congratulating me. She told me that she knew I'd do well in life because she knew how good-natured and smart I was. She was really happy for me. Then cautiously she asked me if I knew Chang-mo's whereabouts, and I only told her that I really didn't know where he was. She called me once about a month afterward, again about six months after that, and never called me again.

Even as I cut ties with So-ho and Chang-mo's mother that way, I felt bad that I was being too heartless. I kept on repeating to myself, "They didn't do anything wrong. They haven't done anything." But gradually one thing became clear. From talking to So-ho and Chang-mo's mother, I realized that I'd wanted to get away from Chang-mo. I'd long been waiting to part from him, and it no longer felt sad or difficult to part with him. I thought that I was now ready to forget everything about Chang-mo.

Time passed, and now there aren't many people who knew Chang-mo around me, and even those who knew him have forgotten that I used to be his friend. Since that day at the pub, Changmo never

함을 알고 있었다며 잘될 줄 알았다고 말했다. 진심으로 기쁘다고 말했다. 그러면서 조심스럽게 창모가 혹시 어디 있는지 아는 것이 있는지 내게 물었는데, 나는 정말 모른다고만 대답했다. 창모 어머니는 그 후에도 한 달 뒤에 한 번, 6개월 뒤에 또 한 번 전화하고 다시는 내게 연락하지 않았다.

그토록 무미건조하게 그녀들을 끊어내면서도 실은 내가 그녀들에게 너무 매정하게 굴고 있는 것 같아 마음이 아팠다. 마음속으로 이 사람들은 잘못이 없어, 이 사람들은 잘못이 없어 하고 되뇌었다. 그럼에도 한 가지 사실만은 점점 분명해졌다. 그녀들과 이야기를 나누면서 나는 내가 그동안 창모에게서 벗어나고 싶어 했다는 사실을 깨달았다. 나는 아주 오래전부터 창모와의 결별을 기다려 왔고 그것이 더 이상 슬프거나 힘들지 않으며 이제 창모에 대한 모든 것들을 잊어버릴 준비가 되었다고 나는 생각했다.

세월이 흘러 이제 내 곁에 창모를 아는 사람은 거의 남아 있지 않고, 창모를 알던 사람들도 내가 그와 친구였다는 사실을 잊었다. 그날 이후로 창모는 단 한 번도

got in touch with me. Just like that, he vanished from my life without a trace. But it felt as though his not contacting me was his way of blaming me for everything and saying that he hasn't forgiven me. Why do I feel guilty when he's the one at fault? I don't know the answer to that question.

But I think of Chang-mo many times in my life. I am no longer reporting on the local news in the thick of this wild world. I'd escaped from the billowing waves of the press and boarded the graceful ferry that was a fashion magazine as an editor. I am now a wife and a mother-to-be with a fetus the size of a fist inside me. I often think about how this world is too big of an unchartered territory for the fist-sized baby. So whenever I hear about all the terrible things that happen in the world—things that I'm even more afraid of now that I have a baby to think of; things that I now only see on the news from a distance—I think of Chang-mo. When hearing stories about an old man who gave a drink mixed with pesticide to a complete stranger or high schoolers who stabbed a bus driver to death for getting on their nerves, at first I wonder, How can people do such a thing? Are there really people who are capable of such crimes? But gradually, I think of Changmo. The one person whose feel-

나에게 연락하지 않았다. 몹시도 간단하게 내 삶에서 자취를 감췄다. 그런 창모의 태도에는 어쩐지 그가 나를 탓하고 있으며 여전히 용서하지 않았다는 엄정한 메시지가 깔려 있는 것 같았다. 어째서 잘못한 사람은 창모인데 내가 죄책감을 느끼나. 알 수 없는 일이었다.

그러나 삶의 많은 순간 창모가 떠올랐다. 나는 더 이상 세상과 치열하게 부딪히는 사회부 기자가 아니었고 잔잔할 날 없는 언론의 파랑 속에서 빠져나와 우아한 페리에 올라탄 패션 잡지 에디터이며 한 남자의 아내이며 배 속에 아직은 겨우 주먹만 한 아기를 가진 임산부다. 주먹만 한 아기에게 이 세상은 너무나 거대한 미지가 아닌가 자주 생각한다. 그래서 더욱 두려워진, 이제는 먼 곳에서 뉴스로 전해 듣게 된 세상의 온갖 참혹한 소식들을 마주하면 나는 번번이 창모를 떠올린다. 연고도 없는 여자에게 농약을 탄 음료수를 건넨 할아버지나, 기분을 상하게 했다는 이유로 버스 기사를 칼로 찔러 죽인 고등학생들의 이야기를 들으면 처음에는 사람이 어떻게 그럴 수 있나, 저런 사람이 정말 있단 말인가 놀라다가도 서서히 창모를 떠올리게 되는 것이다. 그들과 가장 가까운 방식으로 마음을 움직이던 한 사람이

ings changed in a similar way to those people featured on the news. And I think that perhaps somewhere in this world there are people who listen to the people who are capable of committing such terrible crimes, people who stay by their side until their frightening thoughts subside. That there could have been different possibilities for them somewhere in this world.

Once, I'd seen someone who looked like Chang-mo. He was running toward me from afar when I was walking along the riverside with my husband a few days ago. I didn't realize that he was a man at first, so I stretched out my arm and pointed at him, telling my husband that something was running toward us. I only realized that it was a man, running shirtless and barefoot, when I looked closely. His hair, long enough to come down to his shoulders, was flailing behind his ears, and his scrawny, sunken chest was slick with sweat. The intense rays of the autumn sun made his body and the edge of the river glisten like heated metal. The whole scene was completely unexpected and peculiar that I thought I might be imagining it. I thought that maybe my husband wasn't seeing anything where I was pointing, and no one along the riverside could see him. This is really strange, but for a moment I even

떠오르는 것이다. 어쩌면 세상 어딘가에는 그토록 끔찍한 짓을 저지를 수 있는 사람들의 이야기에 귀 기울여 주는, 무서운 마음이 완전히 사라질 때까지 그들을 혼자 내버려 두지 않고 함께 시간을 보내 주는 사람이 있을지도 모른다고. 세상 어딘가에 그들의 다른 가능성이 있었을지도 모른다고 생각해 보는 것이다.

사실 나는 창모를 닮은 사람을 한 번 본 적이 있다. 그사람은 얼마 전에 내가 남편과 강가를 거닐고 있을 때 먼 길 끝에서 달려왔다. 나는 처음에 그가 사람인 줄 모르고 저기 뭐가 온다, 하고 손을 뻗어 남편에게 알려 주었다. 가만히 보니 웃통을 벌거벗고 맨발로 달리는 남자였다. 어깨에 닿을 정도로 긴 머리카락이 귀 뒤로 휘날렸고 앙상하게 푹 꺼진 가슴팍은 땀으로 번들거렸다. 곧게 내리쬐는 가을 햇볕에 그의 몸과 강의 가장자리가 달궈진 금속처럼 반짝였다. 그건 너무나 갑작스럽고 생경한 장면이어서 어쩌면 내가 혼자서 헛것을 보고 있다는 생각이 들었다. 남편은 내가 가리키는 방향의 길에서 아무것도 보지 못하고 있으며, 강가의 모든 사람들 눈에는 그가 보이지 않는다고. 순간 정말 이상한 생각이지만, 나는 속으로 그가 천사가 아닐까 생각했다. 천

thought that he was an angel. It felt as though an angel was coming to me to give me a message.

But that bizarre feeling was shattered when the man let out a startlingly loud scream. I looked again and noticed a few men chasing him. They were all clad in black, and I couldn't tell their emotions from their faces as they chased the man. It seemed like a matter of time before they finally caught up to him. Before I knew it, the man came close enough for me to see his face. And I noticed that it was Chang-mo. For a moment, I was absolutely convinced that it was Chang-mo. Even if it wasn't him, it had to be him, because he looked exactly like Chang-mo. But slowly I changed my mind. I caught his eyes, but there was no hint of surprise or hesitation in them. Instead he stared back at me with utter hatred. Even as he was being restrained by the men, his cheek scratching against the ground and his arms held back, he continued to threaten me, growling like an animal rather than a human. It seemed as though he was looking at someone he held a long grudge against or someone who was a complete stranger. Right then, I realized for the first time that Chang-mo had never tried to attack me, not even once.

Even though he knew that we were safe, my

사가 나에게 무언가 메시지를 주기 위해 다가오고 있다는 막연한 느낌이 들었다.

그런 묘한 직감은 그가 깜짝 놀랄 만큼 커다란 괴성을 내지르면서 산산조각 났다. 다시 보니 어떤 남자들이 그를 쫓고 있었다. 그들은 모두 검은 옷을 입고 있었고 얼굴이나 표정을 보았을 때 어떤 감정으로 그를 쫓고 있는 건지 상상할 수 없었다. 남자가 결국 그들에게 잡히는 것은 시간문제처럼 보였다. 그는 어느새 내 바로 앞까지, 얼굴을 볼 수 있을 만큼 가까이 다가왔다. 나는 그제야 창모를 알아봤다. 그 순간 나는 분명히 창모라고 확신했다. 진짜 창모가 아니라면 그럴 수 없을 만큼 창모와 똑같은 얼굴이었다. 하지만 점점 아닌 것 같다고 생각을 고쳤다. 그는 나와 정확히 눈이 마주쳤지만 조금도 놀라거나 주저하지 않고 지독하게 증오하는 눈길로 나를 쳐다봤다. 남자들에게 제압을 당하며 뺨이 땅에 긁히고 팔이 등 뒤로 묶이면서도 마치 사람이 아니라 짐승이 내는 소리처럼 으르렁거리며 나를 위협했다. 그건 원한이 있는 사람을 보는 시선 같기도 하고 전혀 모르는 사람을 보는 시선 같기도 했다. 나는 그때 처음으로 한 가지 사실을 깨달았는데, 창모가 단 한 번도

husband pulled me close into his arms. As though saying that was where I should be. I turned and stared at my husband's profile. His gaze was fixed on the man who looked like Chang-mo. It seemed as though time had stopped and he'd been turned into stone. Can you see him? I wanted to ask him. All the people who'd come to enjoy a nice day out on the riverside were all rooted to the spot, watching the man being dragged away. But I wasn't sure if they were all really watching him. They were simply waiting for that freakish and dangerous thing to be removed, waiting for it to disappear completely from their sight.

나를 공격하려 한 적이 없다는 것이었다.

　남편은 이제 안전하다는 것을 알면서도 나를 자신의 품으로 끌어당겼다. 그곳이 내가 있을 자리라는 듯이. 나는 고개를 돌려 남편의 옆얼굴을 바라봤다. 남편의 시선은 창모를 닮은 남자에게로 고정되어 있었다. 남편은 마치 멈춘 시간 속에서 딱딱한 돌이 되어버린 것 같았다. 저 사람이 보여? 나는 묻고 싶었다. 한낮의 피크닉을 즐기던 강가의 수많은 사람도 아무런 미동 없이 남자가 끌려가는 모습을 지켜보고 있었다. 그러나 그들이 정말 그를 보고 있는 것인지는 알 수 없었다. 사람들은 그저 저 이상하고 위험한 것을 어서 치워 버리길, 그것이 시야에서 완전히 사라지길 가만히 기다리고 있었다.

창작노트
Writer's Note

가끔 친구들과 '마음의 울타리' 이야기를 한다. 마음의 울타리는 누구나 각자의 마음속에 만들어 놓은 타인에 대한 방어벽으로, 내가 그 사람을 이 경계 안에 들일지 말지에 대한 허락이 절대적인 힘으로 작용한다. 누군가의 울타리는 겨우 무릎 높이만큼 낮아서 울타리 주변을 관심 있게 기웃거리는 사람이라면 큰 노력을 들이지 않고도 한쪽 다리를 들어 한 번쯤 그 울타리를 넘어갈 수 있다. 그러나 누군가의 울타리는 아주 높아서 사다리나 밧줄이 필요하고, 때로는 그런 상식적인 방법이 전혀 통하지 않으므로 그 사람만의 숨겨진 문을 찾거나 알 수 없는 방식으로 생겨났다가 사라지는 비밀 통로를 우

Sometimes my friends and I talk about the "wall around our hearts." The wall is a defense mechanism people put up against others, and everyone has the absolute power to decide whether to let someone within this boundary or not. Some people have knee-high walls that anyone who is interested in what's inside can simply step over the wall without trying too hard. But some people have high walls that require ladders or ropes to climb over. Sometimes that kind of common sensical means doesn't even work, and others have to find a hidden door or accidentally walk through a secret passage that appears at times for unknown reasons. Some people have sharp edges at the top of

연히 통과하는 방법밖에 없다. 또 누군가의 울타리는 뾰족하고 날카로워서 들어오는 사람을 반드시 다치게 만들고, 누군가의 울타리는 들어올 마음이 없는 사람을 함정에 빠뜨려 억지로 안으로 끌고 들어가 버리기도 한다. 이런 울타리들은 무수한 타인의 바닷속에서 스스로의 마음이 너무 쉽게 부서지지 않도록 지켜내는 효과가 있다.

사실 이 바깥쪽 울타리 안에는 또 다른 울타리가 있다. 아주 낮은 바깥 울타리를 넘어온 사람들은 그 정원이 그의 전부인 줄 알고 정복자처럼 오만하게 거닐지만 그의 진짜 마음은 까마득한 탑처럼 솟아 있는 안쪽 울타리 너머에 있고, 그곳에 들어가 본 사람은 아직 없다. 또 아주 높고 험난한 울타리를 넘어온 사람들은 때로 그의 정원에서 아주 허술하고 연약한 안쪽 울타리를 발견하는데, 마음만 먹으면 그것을 조금 부수고 안쪽 땅으로 건너가 약탈자처럼 마구 헤집어놓을 수 있다. 나는 친구들과 각자의 마음의 울타리 모양을 묘사하고 설명하며 때론 아주 다르고 때론 놀라울 정도로 유사한 서로의 정원 풍경을 들여다보곤 한다. 그리고 어느 날부턴가 그 어떤 울타리 안으로도 초대받지 못하고 평생

the walls and people who try to climb over always get hurt. Others set traps around their walls to ensnare people who didn't even think about climbing over. All of these walls are there to protect our hearts from being destroyed in the sea of people.

But actually, there is another wall on the inside of these walls. Some people who have climbed over a low outer wall arrogantly stroll about the garden within like a conqueror, thinking that the garden is everything about this person, unaware that her true heart is enclosed within the dauntingly tall inner walls that no one has ever set foot inside. And some people who have had a rough time climbing over a tall wall at times find a fragile inner wall with lax security, which they could easily break into and plunder whatever is inside if they decide to do so. When talking to my friends about the walls around our hearts and what they look like, I get a look into completely different or surprisingly similar gardens inside. And one day, I started imagining Chang-mo, who is never invited to come within the walls, forever hovering on the outside—someone who cannot even step into one person's heart.

People don't often let dangerous people they don't like into their hearts. It's basic self-defense, and everyone protects themselves based on their

토록 누군가의 바깥과 바깥만을 하염없이 맴도는 창모에 대해 상상하게 되었다.

단 한 사람의 마음 안으로도 들어가지 못하는 사람.

위험하고 싫은 사람을 마음에 들이는 일은 쉽게 일어나지 않는다. 그것은 기초적인 자기방어이고 모두가 그런 저마다의 규칙으로, 때로는 그런 직감으로 타인으로부터 스스로를 지켜낸다. 울타리 안으로 초대한 안전한 사람들과 관계를 맺으며 그 사람의 마음을 상상하고 그곳을 여행하고 결국 그 사람이 되어 보는 일만으로도 삶은 이미 버거운 행로이고, 또한 그토록 조심하여 들인 사람들에게도 무수한 상처를 받는다. 그러므로 울타리 바깥의 사람이 품고 있는 마음까지 들여다볼 여유는 물론 없으며 그럴 의지도 의무도 우리에게는 없다. 대부분의 사람들이 그렇게 판단하곤 한다. 그러나 어느 날 울타리 바깥의 사람을 상상하게 되었다면, 그의 표정을 보고 그의 마음을 읽어버렸다면, 그의 목소리를 듣고 그에게 창모라는 이름을 지어 주었다면, 스스로를 지키기 위해 울타리를 세운 방어행위가 창모를 울타리 밖으로 밀쳐낸 공격의 행사와 다르지 않음을 깨닫게 된다. 웅크림이 주는 폭력을 이해하게 된다. 또한 창모가

own rules or instincts at times. Forming relationships with people who are deemed safe and have been invited to the garden within the walls, thinking about their feelings, exploring their gardens, and trying to be in their shoes are already burdensome enough. Moreover, we get hurt all the time even from interacting with these carefully selected people we let into our hearts. Therefore, we have neither the time nor energy to look into the hearts of those who are outside of our walls, and we are certainly not obligated or required to do so. And most people decide to stay that way. But if you ended up imagining someone on the outside one day, if you ended up seeing his face and reading his feelings, and if you heard his voice and gave him the name Chang-mo, then you come to realize that putting up a wall to protect yourself as a defense measure is no different from an offensive act of pushing Chang-mo outside the wall. You come to understand the violence of crouching and huddling. And you imagine the things that Chang-mo might do and situations that he might find himself in, and feel guilty about ignoring them. That now becomes a sin.

Actually, for a while, I've worried about Chang-mo, been cautious of him, felt pity for him, been

하게 될지도 모르는 일들, 창모가 처하게 될지도 모르는 상황을 상상하고 그것을 외면하는 일에 죄책감을 느낀다. 그것은 이제 죄가 된다.

사실 나는 그동안 마음속으로 창모를 염려하며, 경계하며, 가여워하며, 두려워하며, 사랑하며, 미워하며, 그리워하며 무수히 버리고 구하기를 반복했다. 어느 쪽으로 걸어도 현명한 답이 될 수 없음을 알면서도 창모에게 이런 사람이 하나도 존재하지 않는 세상을 상상하면, 아무도 창모의 마음을 모르고 이해하지 못한다고 생각하면, 모두에게 창모는 그저 알 수 없는 위협적인 존재이고 눈앞에서 치워야 하는 괴물이 되는 상상을 하면, 창모와 함께 걷는 걸음을 멈출 수 없었다. 내가 함께하는 창모의 조금 다른 미래를 이미 상상했기 때문에, 상상의 힘은 아주 강력하기 때문에 괴로움을 느꼈다. 내 것이 아닌 타인의 고통을 상상하고 경험하게 되는 공감의 능력처럼, 창모와의 다른 가능성을 상상하고 그 미래들이 영원히 사라지는 일에 슬픔을 느낄 수 있게 되었다. 사람이 사람을 돕는 일은 거창한 행위가 아니고 숭고한 각오도 필요 없으며 단지 이런 작은 슬픔에서 시작되는 게 아닐까 「창모」를 쓰는 내내 생각했다.

scared of him, loved him, hated him, missed him, and repeatedly abandoned him and saved him. I knew that none of that was the right solution, but I couldn't walk away from him when I thought about a world where no one like me existed for Chang-mo, where no one understood or knew what he was feeling, where everyone thought he was just a dangerous monster that needed to be removed from their sight. I was tormented because I'd already imagined a slightly different future for Chang-mo where he had me by his side, and because the power of imagination is extremely powerful. Just like the way people imagine other people's pain and experience it in their minds, I felt sad, imagining different possibilities for Chang-mo and having all of those futures vanish into thin air forever. So, the whole time I was writing *Chang-mo*, I wondered if helping another person is not some grandiose act that requires lofty determination but that it begins from this kind of small twinge of sorrow.

해설
Commentary

우연은 항상 여기에

허 희(문학평론가)

　우연에 내포된 기미에 우다영은 유독 관심이 많다. 어떤 일이 생길 낌새를 뜻하는 '징조'라는 단어가 그녀의 첫 번째 소설집 제목에 들어간 연유도 거기 있다.『밤의 징조와 연인들』(2018년 11월)을 출간한 뒤, 우다영은 인터뷰에서 다음과 같은 이야기를 했다. "세상에 일어나는 무수한 사건들은 보기에 따라 행운과 불운 어디쯤에 가까울 텐데 그것들이 갑자기 어디서 찾아오는 것이 아니라 늘 무수한 가능성의 구멍으로 우리 앞에 펼쳐져 있다고 생각해요. 일어나지 않고 사라진 과거도, 예정되어 다가오는 미래도, 진실과 꽤 대등하고 공평하게 대하는 편이죠. 두렵고 무서운 일들, 돌연해 보이는 사

Accidental occurrences are always here

Heo Hee (literary critic)

Woo Da-young is particularly interested in the signs nested in accidental occurrences. That is why the word "sign," which refers to something regarded as an indication or evidence of what is going to happen appears in the title of her first short story collection. After the publication of *The Signs of Night and Lovers* in November 2018, she said in an interview: "I think the myriad things happening in the world are probably closer to being either fortunes or misfortunes depending on the perspective, and I believe that they don't come out of thin air but are all in front of us as holes of countless possibilities. I tend to treat both the past that vanished without coming true and the future that is coming as ex-

건들이 실은 일상과 밀접하고 평평하게 맞닿아 있는 삶의 일부라고 생각하면 그것들의 징조에 대해 제가 할 이야기가 있다고 느꼈던 것 같아요."(채널예스, 〈우다영, 연애의 생물에 대한 관찰기〉)

우다영의 단편 「창모」를 읽는 데 그녀가 한 이런 말이 힌트가 될 것이다. 사실 창모라는 중심인물부터가 이해하기 어렵다. 그가 아동기·사춘기에 발현되기 시작하는 '반사회적 성격장애'를 가진 캐릭터로 보여서다. 반사회적 성격장애를 가진 사람은 타인의 감정을 고려하지 않는다. 자기 기분에 따라 충동적으로 행동―주로 폭언과 폭행을 일삼는다. 중요한 점은 그가 자신이 저지른 잘못을 반성하지 않는다는 것이다. 아니 아예 그것을 잘못이라고 여기지 않는다. 반사회적 성격장애를 가진 사람은 타인을 비난하면서 본인을 합리화한다. 창모는 그런 특질을 다 가졌다. 중학생 시절 그는 오른팔이 움직이는 틱(tic)이 있는 아이를 운동장 철봉에 초록색 박스 테이프로 감아 묶었다. "팔이 이상하게 움직이잖아. 거슬려서 그렇게 해 둔 거야." 이것이 창모가 밝힌 이유였다.

신경을 거슬리면 그것을 배제한다. 철저한 자기 본위다. 모든 판단의 근거가 자신이 되는 창모의 자기 본위

pected as nearly equal to the truth. I felt as though I had something to say about the signs of terrifying and scary things, the events that seem so sudden because I think they are actually close to our daily routines and are ordinary part of our everyday lives."(Channel Yes, "Woo Da-young, Observation of the Birth and Death of Romance")

What Woo said in this interview can help readers understand her short story *Chang-mo*. When you think about it, the central character Chang-mo is someone who is hard to understand. He seems to be suffering from antisocial personality disorder (ASPD), which begins to manifest in childhood or adolescence. Someone with ASPD ignores other people's feelings. He lashes out impulsively when they are upset—mainly exhibiting verbal and physical aggression. And the important thing is that he does not reflect on what he did wrong. In fact, he does not even believe that he has done something wrong. Someone with ASPD criticizes others to rationalize himself. And all of the above applies to Chang-mo. In middle school, he strapped a boy who has a tic that makes him flail his right arm to the pull up bar in the playground with a green duct tape. As for the reason, Chang-mo said, "His arm was moving weird. It got on my nerves."

행태는 이 밖에도 많다. 그가 고등학생이던 시절의 에피소드 몇 가지를 소개한다. 하나, 교실에서 수선스럽게 구는 여학생이 있었다. 그녀에게 창모는 "계속 알짱거리면 죽여 버리겠다"고 으른다. 둘, 그 연장선에서 비롯된 사건이다. 이 같은 욕설을 듣고 격분한 여학생의 친구—남학생이 의자를 휘두르며 창모를 위협했다. 그러자 창모는 필통에서 철자를 집어 든다. 그러고는 덤벼들어 남학생의 입속에 철자를 쑤셔 넣었다. "죽어! 죽어! 죽어!" 소리치면서. 셋, 비오는 날 버스에서 있었던 일이다. 장우산을 들고 서 있는 창모의 앞자리에 임신부가 앉아 있었다. 그녀는 빗물이 떨어지는 우산을 저쪽으로 치우라고 창모에게 화를 냈다. 창모가 가만있을 리 없다. 그는 임신부가 부들부들 떨 정도로 온갖 저주를 퍼부었다.

이상의 삽화를 종합하면 창모는 반사회적 성격장애를 가진 인물임에 틀림없다. 바로 그렇기 때문에 우리는 이 소설을 읽을 때 조심해야 한다. 단순한 접근법을 따르지 않도록 말이다. 무슨 말인가 하면 선악의 이분법 하에 반사회적 성격장애를 가진 창모를 악인으로만 치부하고, 더 이상 해석을 밀고 나가지 않는 오류를 범해서는 안 된다는 뜻이다. 악인이므로 그를 격리하거

When something gets on his nerves, he eliminates it. It is thoroughly egotistic. There are more instances that show Chang-mo's egotism, where he is at the center of all decisions. Here are a few episodes from his high school career. One, there was a girl who was being rowdy in the classroom. Chang-mo threatened to kill her if she didn't get out of his face. Second, this incident occurred because of the first incident. A friend of the girl—a boy—heard what Chang-mo said and started to threaten Chang-mo, swinging a chair in the air. Chang-mo took out a steel ruler from his pencil case and charged at the boy, shoving the ruler into the boy's mouth, shouting "Die! Die! Die!" Three, this was an incident that happened on the bus on a rainy day. On the bus, there was a pregnant woman sitting in front of Chang-mo, who was holding a long umbrella. She yelled at Chang-mo to move the umbrella aside because it was dripping water on her. There was no way that Chang-mo was going to let that go. He cursed at the woman until she began to quiver from fear.

The above scenes paint a clear picture of Chang-mo as a person suffering from ASPD. That is exactly why readers need to be careful when reading this short story. We cannot follow a simple ap-

나, 그로부터 도망쳐야 한다는 별 의미 없는 교훈을 강조하는 것과 「창모」는 거리가 멀다. 이는 이 소설의 서술자가 창모의 클래스메이트인 '나'라는 점에서도 간접적으로 드러난다. '나'는 "창모가 생각하고 움직이는 메커니즘을 이해할 수 있"(다고 믿)는 유일한 사람이다. 그런 한에서 「창모」의 진짜 주인공은 창모가 아니다. 이해될 수 없는, 혹은 이해할 필요가 없다고 간주되는 그를 어떻게든 이해해 보려고 하는 '나'야말로 우리가 주목해야 하는 캐릭터다.

창모보다 더 극단적인 사이코패스의 사례는 다른 작가가 쓴 작품에서 쉽게 찾아볼 수 있다. 이를테면 조이스 캐롤 오츠의 『좀비』나, 정유정의 『종의 기원』이 그렇다. 두 작품은 사이코패스를 1인칭 화자로 삼았다. 독자는 이들의 입장에서 사람을 죽이는 과정을 체감한다. 그러면서 독자는 잠깐 동안 사이코패스가 되는 체험을 해봄으로써 이들의 심리도 파악하게 된다. 예컨대 영화감독 박찬욱은 『좀비』를 이렇게 평했다. 『좀비』는 독자로 하여금 잠시 그 악인이 되어보도록 한다. 이건 추천장도 아니고 사용설명서도 아니고 초대 편지도 아니다. 입체영상을 보게 해주는 안경 같은 것이다. 이걸 쓰면

proach. What I mean is that we shouldn't simply regard Chang-mo, who has ASPD, as an evil person using the simple dichotomy of good and evil and make the mistake of not trying to understand him further. *Chang-mo* is far from emphasizing the meaningless lesson that we should isolate him or run from him by labeling Chang-mo as an evil person. This is indirectly revealed through the first-person narrator, who is Chang-mo's classmate. The narrator is the only person who (believes that she) can understand the mechanism behind his thought process and actions." In this sense, the true main character of *Chang-mo* is not Chang-mo. The one we should be focusing on is the narrator, who tries her best to understand Chang-mo even though he is regarded as someone who is un-understandable or doesn't need to be understood.

It is easy to find characters who are more extreme examples of psychopaths than Chang-mo in works written by other writers. For instance, Joyce Carol Oates' *Zombie* or Jeong You-jeong's *The Good Son*. Both works feature a psychopath as a first-person narrator. Readers walk in their shoes and experience the process of killing people. By getting a firsthand experience of being a psychopath for a little while, readers can come to understand

사이코패스의 눈으로 세상과 사람들, 그리고 자기 내면을 관찰할 수 있다. 어쩌면 반대가 맞을지도 모르겠다. 이미 입체로 존재하는 세상이 이 안경을 끼면 평면으로 보인다. 사이코패스의 시선은 매우 폭력적으로 세계를 단순화하니까."

그 말대로 사이코패스가 표상하는 악은 간결하고 명쾌하다. 자기 본위에 충실한 인물은 아무것도 고민하지 않기 때문이다. 우리는 곧잘 악(인)의 심연에 매료된다. 그렇지만 실제 악에는 심연이라고 부를 만한 정도의 깊이가 없다. 다시 말해 반사회적 성격장애를 가진 창모의 속내도 복잡할 게 없다. 창모 자체에 착목하는 독해는 무용하다. 이때 짚고 넘어가야 할 사항은 『윤리학』에서 알랭 바디우가 언급한 대로 선으로부터 악을 사유해야 한다는 것이다. 물론 '나'라는 「창모」의 서술자가 완벽한 선을 구현하는 캐릭터는 아니다. '나'는 규범적 상식을 가진 인물일 따름이다. 창모와의 대비 속에서만 '나'는 선의 역할을 수행한다. 한 가지 특이점이 있긴 하다. 남들은 어울리기를 꺼리는 창모와 스스럼없이 대화를 나눈다는 사실이다. 더 정확히 표현하면 창모의 이야기를 들어주고 중간중간 적절한 리액션을 취하는 것

psychopaths' mentality. For instance, South Korean filmmaker Park Chan-wook commented on *Zombie*, saying, *Zombie* allows the reader to become an evil person for a moment. This is not a recommendation or a guidebook or an invitation. It's like a pair of glasses that help you watch a 3D video. When you put them on, you can observe the world, people, and yourself through the eyes of a psychopath. Or perhaps it's the other way around. Perhaps the three-dimensional world looks flat and two dimensional through these glasses, since a psychopath's gaze simplifies the world through violence."

Just as what Park said, the evil represented by a psychopath is simple and clear. Someone who is faithful to their feelings does not worry about anything. We are often fascinated by the abyss of evil. But true evil does not have the depth to be called an abyss. In other words, there is nothing complicated inside Chang-mo, who has ASPD. It is useless to read the story with sole focus on Chang-mo. One thing we should note at this point is that we need think of evil as arising from good, just as Alain Badiou wrote in his book *Ethics*. Of course, the narrator of *Chang-mo* does not represent the perfect good. She is only a character with normative common sense. She only plays the role of the

이지만 말이다.

그렇게 할 수 있었던 까닭은 뭘까. '나'는 말한다. 창모의 관점에 동감해서가 아니라, 창모를 친구로 생각하지 않아서라고, 창모가 해를 입힌 사람들이 본인과 관련 없는 타인으로 여겨져서라고. 하지만 나중에 '나'는 또 말한다. "나는 그냥 내 눈앞에 보이는 위험에 처한 사람을 구하는 거야. 창모나 창모가 해치려는 사람들은 실제로 위험해질 수 있고, 내가 조금만 도와주면 아무 일도 일어나지 않을 테니까. 그걸 알고도 막지 못하면 내 마음도 다칠 테니까. 사람이 사람을 돕는 세상은 이런 식으로 이루어진 게 아닐까?" 이렇게 말할 때의 '나'는 도덕적 주체의 표본이다. 그러나 위험에 처한 사람을 구한다는 의식은 '내'가 끝까지 견지할 수 있는 강인한 의지는 아니었다. 창모에게 거듭 실망하면서 '나'는 그와 연관된 것들로부터 점점 멀어지는 선택을 한다.

한데 그래도 '나'는 창모를 완전히 놓지 못한다. 현재와 얽혀 과거의 기억이 자꾸 그를 불러낸다. 지금 여기에 반사회적 성격장애와 결부된 흉흉한 범죄가 비일비재해서다. 참혹한 뉴스를 접할 때마다 '나'는 이제는 연락이 끊긴 창모를 떠올린다. 그리고 이런 상상을 한다.

"good" against Chang-mo. There is one singular point. She converses with Chang-mo without hesitation while everyone else are reluctant to hang out with him, although to be more precise she only listens to Chang-mo's stories and provides appropriate reaction throughout.

How was she able to do so? The narrator explains that it was not because she agreed with his perspective but because she didn't think of Chang-mo as a friend at all and because Chang-mo or the people Chang-mo was going to hurt were complete strangers who had nothing to do with her. But later in the story she also says, "I'm only trying to help someone in danger right in front of my eyes. Chang-mo or the people he wants to harm are really at the risk of being in danger, but nothing dangerous will happen if I just help him a bit. Knowing all that, I'd feel guilty if I don't do anything to prevent people from falling in danger. I think that's how we can create a world where people help other people, don't you think?" When saying these things, the narrator is a specimen of an ethical agent. But her sense of rescuing someone in danger was not a strong will that the narrator could hold fast to. Repeatedly disappointed by Chang-mo, the narrator chooses to gradually distance

"어쩌면 세상 어딘가에는 그토록 끔찍한 짓을 저지를 수 있는 사람들의 이야기에 귀 기울여 주는, 무서운 마음이 완전히 사라질 때까지 그들을 혼자 내버려 두지 않고 함께 시간을 보내 주는 사람이 있을지도 모른다고. 세상 어딘가에 그들의 다른 가능성이 있었을지도 모른다고 생각해 보는 것이다." 이것은 이 소설의 핵심 구절이다. 창모와 절연했을지언정 '나'는 옳은 일이란 게 무엇인지 잊지 않았다. 그에 대한 충실성을 유지하지는 못했으나 '나'는 한때 도덕적 주체로 살았으니까.

그 경험이 보통 사람들과 '나'를 구분 짓는다. 이는 창모를 닮은 남자가 사내들에게 제압당하는 이 소설의 결말에서 확연히 나타난다. "사람들은 그저 저 이상하고 위험한 것을 어서 치워 버리길, 그것이 시야에서 완전히 사라지길 가만히 기다리고 있었다." 그 자리에 있던 사람들에게 창모를 닮은 남자는 당장 없어져야 할 이상하고 위험한 것에 지나지 않았다. '나'만 그를 사람으로 인지한다. '세상 어딘가에 그들의 다른 가능성이 있었을지도 모른다고 생각해 보는' 단 한 명의 인물이 '나'라서 그렇다. 서두에 거론한 우다영의 말마따나, '두렵고 무서운 일들, 돌연해 보이는 사건들이 실은 일상과 밀접

herself from the things associated with him.

However, the narrator is unable to completely let go of Chang-mo. Memories of the past, entangled with the present, keep on invoking him. It's because nightmarish crimes associated with ASPD are commonplace. Every time she watches news segments about brutal crimes, she thinks of Chang-mo, who is no longer in touch. And she thinks "that perhaps somewhere in this world there are people who listen to the people who are capable of committing such terrible crimes, people who stay by their side until their frightening thoughts subside. That there could have been different possibilities for them somewhere in this world." These are the key sentences of this short story. She may have broken ties with Chang-mo, but she did not forget about what the right thing to do is. She couldn't stay faithful to what is right, but she'd lived as an ethical person at one time.

That experience sets the narrator apart from others. This is evident in the ending of the short story, in which a man who resembles Chang-mo is overpowered by other men. "[People] were simply waiting for that freakish and dangerous thing to be removed, waiting for it to disappear completely from their sight." To the people who were there,

하고 평평하게 맞닿아 있는 삶의 일부'라면 어떨까. 그것은 아무리 애써도 소멸되지 않는다. 이렇다는 이야기는 우연이라고 인식되는 불행을 마주하는 우리 태도를 바꿔야 한다는 뜻이다.

창모와의 관계에 이것을 적용해볼 수 있다. 반사회적 성격장애를 가진 그를 어떻게 대할 것인가. 창모를 공포의 대상으로 규정하고 그를 피하거나 없애야 하나. 아니면 창모를 혼자 두지 않고 그가 험악한 마음을 먹지 않도록 도와야 하나. 우다영은 명백하게 후자를 지지한다. 소설에 그 단서가 있다. 버스에서 임신부를 저주한 창모에게 '나'는 네가 한 행위가 왜 문제인가를 조곤조곤 설명한다. 창모는 놀라운 반응을 보인다. 그는 소리 내어 웃은 뒤 말한다. "너랑 이야기하면 화가 사라져. 화가 났던 건 진짠데, 진짜 죽고 싶었는데 내가 정말 그런 마음이었는지 나도 알 수 없게 돼 버려. 신기하지 않아?" 창모는 신기했겠지만 이는 사실 신기한 일이 아니다. 오직 '나'만 그를 이야기 나눌 수 있는 사람으로 대했기 때문이다. 아마 그래서였을 테다. 창모가 "단 한 번도 나를 공격하려 한 적이 없"던 것도. 무수한 (불)가능성의 우연적 확률은 우리에 의해 변한다.

the man who resembled Chang-mo was nothing more than something strange or dangerous that needed to be removed immediately. Only the narrator perceived him as a human being. It's because the narrator is the only one who thinks "that there could have been different possibilities for them somewhere in this world." What if, like Woo Da-young's words at the beginning, the "terrifying and scary things, the events that seem so sudden⋯are actually close to our daily routines and are ordinary part of our everyday lives"? They do not go away no matter how hard we try. This means that we need to change our attitude toward misfortunes that are perceived as coincidences.

We can apply this to the relationship with Chang-mo. How should we treat Chang-mo, who suffers from ASPD? Should we label him as a subject of fear and remove him or eliminate him? Or should we stay with him and help him so that he doesn't think about doing something terrible? It is obvious that Woo supports the latter. The clue is in the short story. After Chang-mo cursed the pregnant woman on the bus, the narrator quietly explains why his actions were problematic. And Chang-mo's reaction is surprising. He bursts out laughing and says, "You know, my anger just fades when I talk to you. I was for sure really angry, and I really wanted to kill myself, but then I can't tell if that's really how I'd felt. Isn't that interesting?" It might have been amazing to Chang-mo, but it is nothing to be amazed about. He felt this way because the narrator was the only person who treated Chang-mo as someone she could talk to. And that was probably why Chang-mo "never tried to attack [her], not even once." The accidental probabilities of myriad (im)possibilities change because of us.

비평의 목소리
Critical Acclaim

우다영은 소설을 쓰고 읽는 일이 곧 지금의 세계를 다른 기분에 젖어 돌아보게 만드는 일이라는 것을 누구보다 예민하게 의식하고 있는 작가다. 그녀의 소설을 추동하는 힘은 세계를 탈주술화시키려는 로고스적 의지가 아니라 세계를 재주술화시키려는 충동에 가깝다. 이때 그녀가 우리에게 제안하는 대표적인 기분은 '신비로움'이다. '보통의 이론이나 상식으로는 도저히 이해할 수 없을 만큼 신기하고 묘함'을 의미하는 이 단어 속에 우다영의 소설 세계를 압축해서 이해할 수 있는 단초가 모두 들어가 있다고 해도 과언이 아닐 것이다.

한영인, 「이토록 서늘한 우연의 세계」, 『밤의 징조와 연인들』, 민음사, 2018

한편 벌어진 틈은 그러나 우리의 내면에만 자리 잡은 것은 아니다. 우리를 둘러싼 세계에도 마찬가지의 틈이 존재할 수 있다. 물론 이런 상상력이 낯선 것은 아니다. 평행우주나 가능세계를 둘러싼 다양한 이야기들을 우리는 이미 알고 있다.

한영인, 「틈과 틈입」, 《현대문학》, 현대문학, 2018

Woo Da-young is a writer who is more keenly aware than anyone of the fact that writing and reading fiction is an act of looking back at this world, drenched in different feelings than normal. The power that drives her work is not logical will that aims to demagify this world but an impulse to remagify the world. To this end, the overarching feeling that she gives us is "mysteriousness." It would not be an exaggeration to say that this word, meaning "arousing wonder or curiosity by being difficult to understand with ordinary theories or common sense," contains all the clues that can help us to understand the essence of Woo's world of fiction.

Han Young-in, "Such a Chilling World of Coincidences"
The Signs of Night and Lovers, Minumsa(2018)

The cracks that have opened up are not simply inside us. Similar cracks can exist in the world around us. Of course, this kind of imagination is not unfamiliar to us. We already know of the various stories about parallel universes and possible worlds.

Han Young-in, "Cracks and Intrusion"
Contemporary Literature, Hyundaemunhak(2018)

K-픽션 025
창모

2019년 4월 29일 초판 1쇄 발행
2023년 12월 27일 초판 2쇄 발행

지은이 우다영 | 옮긴이 스텔라 김 | 펴낸이 김재범
기획위원 전성태, 정은경, 이경재
펴낸곳 (주)아시아 | 출판등록 2006년 1월 27일 제406-2006-000004호
주소 경기도 파주시 회동길 445(서울 사무소: 서울특별시 동작구 서달로 161-1 3층)
전자우편 bookasia@hanmail.net
ISBN 979-11-5662-173-7(set) | 979-11-5662-407-3(04810)
값은 뒤표지에 있습니다.

K-Fiction 025
Chang-mo

Written by Woo Da-young | **Translated by** Stella Kim
Published by ASIA Publishers
Address 445, Hoedong-gil, Paju-si, Gyeonggi-do, Korea
(Seoul Office:161-1, Seodal-ro, Dongjak-gu, Seoul, Korea)
Email bookasia@hanmail.net
First published in Korea by ASIA Publishers 2019
ISBN 979-11-5662-173-7(set) | 979-11-5662-407-3(04810)

〈K-픽션〉 시리즈는 한국문학의 젊은 상상력입니다. 최근 발표된 가장 우수하고 흥미로운 작품을 엄선하여 출간하는 〈K-픽션〉은 한국문학의 생생한 현장을 국내외 독자들과 실시간으로 공유하고자 기획되었습니다. 〈바이링궐 에디션 한국 대표 소설〉 시리즈를 통해 검증된 탁월한 번역진이 참여하여 원작의 재미와 품질을 최대한 살린 〈K-픽션〉 시리즈는 매 계절마다 새로운 작품을 선보입니다.